チーズと塩と豆と

角田光代
井上荒野
森　絵都
江國香織

集英社文庫

Contents

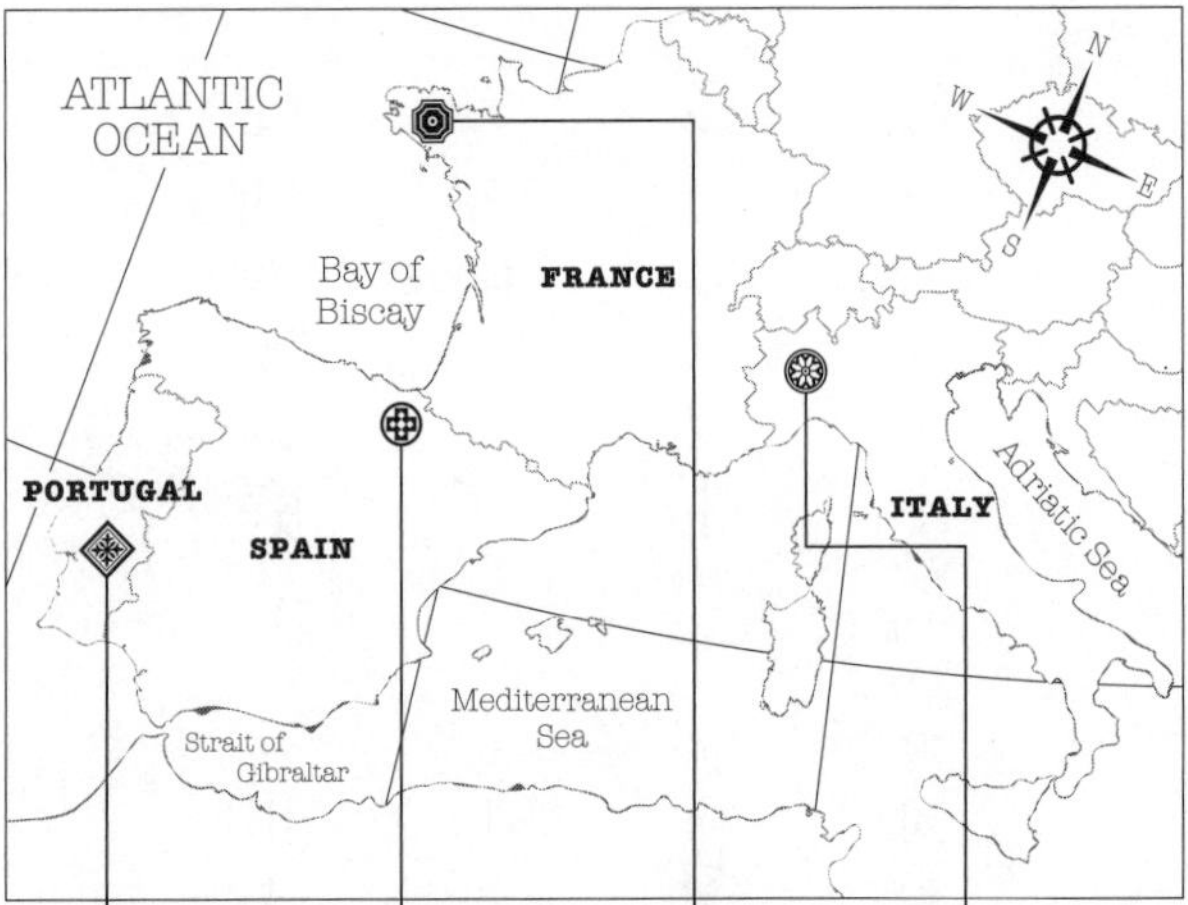

イタリア　ピエモンテ
井上 荒野「理由」

フランス　ブルターニュ
森 絵都「ブレノワール」

スペイン　バスク
角田 光代「神さまの庭」

ポルトガル　アレンテージョ
江國 香織「アレンテージョ」

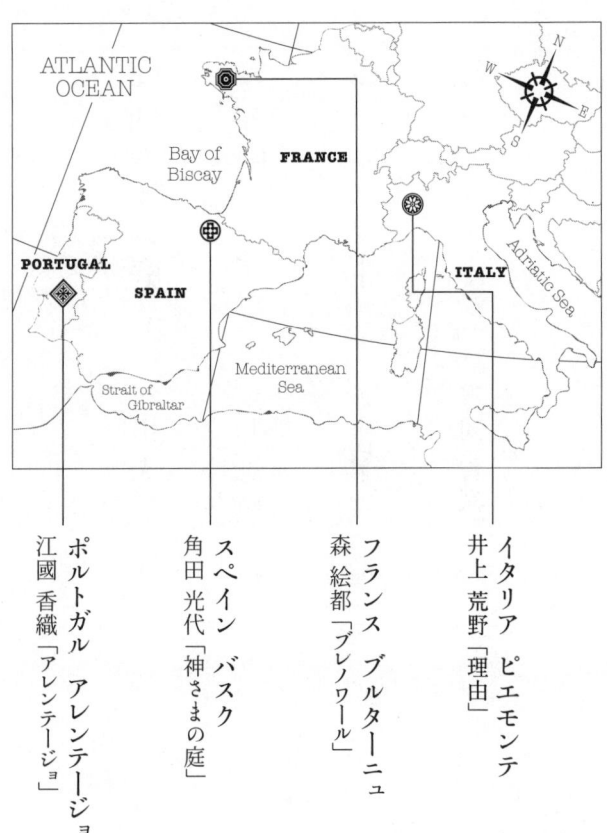

チーズと塩と豆と

神さまの庭

角田 光代

角田光代
かくた・みつよ

1967年横浜市生まれ。1990年「幸福な遊戯」で第９回海燕新人文学賞受賞。2003年『空中庭園』で第３回婦人公論文芸賞、05年『対岸の彼女』で第132回直木賞受賞。06年『ロック母』で第32回川端康成文学賞、07年『八日目の蟬』で第２回中央公論文芸賞、11年『ツリーハウス』で第22回伊藤整文学賞、12年『紙の月』で第25回柴田錬三郎賞を受賞。著書多数。

1

いつものこと、と思っていた。

二十時三十分に父の属するクラブに集合。いつものことだ。ただ、祝うべき何があるのか、思いあたらなかったけれどそれだって、たまにあることだ。集まって、そのときようやく祝うべき何かがもったいぶって発表される。姉が身ごもったときだってそうだった。

クラブというのは、百年以上の伝統を持つ会員制のサロンである。このあたりのどの町にも、どの村にも、それぞれのクラブが所有するキッチンつきの集会所がある。その地域に住んでいる男たちは、だれもがどこかのクラブに属している。大きな町では百人単位のクラブもあるし、ちいさな村では十人程度のクラブもある。

かつては女人禁制だったそのクラブに、男たちが食材を持って寄り集まり、料理を作って自分たちで食べ、飲み、話す。もともと、家庭に居場所がなかった男どもが集まって、女房や生活の愚痴を言うための場所だった、と父なんかは冗談交じりに言っているけれど、本当の成り立ちはわからない。ともかくその場では、弁護士も医者も、大工も農民も、タクシー運転手も教師も、リタイアした老人も、どんな職業の人もいっしょになって、陽気に食べ、飲み、話す。政治とサッカーの話はタブー、らしい。この十数年で、ようやく女性の立ち入りも許された。今では、そのクラブの会員が、自分の家族や友人を招いて料理をふるまい、飲んで騒ぐのは日常茶飯事だ。

父が属しているクラブはおもて通りから少し路地を入ったところにある。五十人ほどの会員を持つそれほど大きくないクラブだ。

父はこの町から車で十分ほど走ったところで、レストランを経営している。住宅街のなかにぽつんとあるその店は、もともとは祖母、父の母がバルを営んでいたところだった。祖母が引退後、父はバルを引き継ぎ、独学で料理を勉強してレストランを開いた。立派な建物に建て替えたのは七年前。最初は閑古鳥《かんこどり》が鳴いて、このままどうしようかと途方に暮れたこともあったというが、ここ最近では予約客でテーブルの大半は埋まってしまうらしい。

らしい、というのは、このレストランにわたしたちがいくことはめったにないから、よく知らないのである。ともかく、父は平日は毎日レストランの厨房《ちゅうぼう》にいる。どんなに店が大きくなっても、有名になっても、料理人たるもの、厨房にいるべきだ、というのが父の考えだ。とはいえ、店はそんなに大きくはないし、父は有名だというわけでもない。

毎日料理を作っているというのに、こうして祝いごとがあると父はクラブの集会所を借りて、家族や友人に料理をふるまう。作るのは、レストランではメニュウにのせていないシンプルな料理だ。肉や魚の炭火焼きとか、塩だら入りのオムレツとか。祖母がよく作ってくれたような、ちょっと田舎くさい手の込んでいない料理。でもそれだって、びっくりするほどおいしい。母の料理もおいしいけれど、父のそれはもっとちがう、とくべつなおいしさだ。わたしは父の料理を毎日食べたいとは思わない。父が作るものは、どんなに地味な食事でも、どこか華やかさが加味されてしまう。それでわたしは思うのだ、この人は神さまに選ばれた人なんだな、と。あなたは他人のために料理をしなさいと、神さまに直接命じられた人なんだな、と。

その日は土曜で、わたしの夏休み一日目でもあった。指定された八時半より少し前に集会所に着くと、ドアは開け放たれていて、父とおじが厨房で料理をし、母の妹であるおばとわたしの姉がテーブルですでにチャコリを飲みながら何か話していた。バターの焦げるにおい、魚の焼き上がるにおい。魅惑的なにおいがさほど広くないクラブじゅうに満ちている。

午後八時半。集まったのは、父、父の妹二人、父の弟、母の姉と妹、わたしの姉、もうじき三歳になる姉の子、姉の夫、わたしの兄。いつものメンバーである。母がいないだけ。

「おかあさんは?」訊《き》くと、

「ビルバオで用事があって」とおばが言う。

「へえ、めずらしい」

「遠くに住んでいる昔のお友だちが、そこに泊まってるんですって」

そんな友だちがいるなんて聞いたこともないけれど、と思いつつ、父が瓶を高く掲げおばにチャコリをつぐのを見る。クラブにはいくつか決まりがあるが、ホストが酒を注ぎ、パンを切る、というのも決まりのひとつだ。

大人たちはチャコリで、子どもたちは炭酸水で乾杯をする。父と兄、おじが厨房から料理を持ってきてテーブルに並べる。

あれ。

「今日は炭火焼きじゃないんだね」

「まあ、たまにはな」父が言う。

テーブルに並んだのは、チョリソ入りの豆のスープ、生ハム入りのコロッケ、伊勢エビをカリフラワーとウイキョウのスープに浮かべたもの、塩だらのパセリクリームソース。いつものシンプルな料理ではなくて、父のレストランで出しているような料理ばかりだ。しかも、みんな母の好物。母はいないのに。

料理を食べ、近況を言い合う。なんとなくいつもとちがう。いつも、あっという間に部屋じゅうにわんわん反響するくらいにぎやかになるのに、今日はなんとなく盛り上がりに欠けている。でもそれは、母がいないせいだろうと解釈した。母にはそういうところがある。その場をぱっと明るくするような、夏場のひまわりみたいなところが。盛り上がらないまま、それでも皿はどんどん空になり、チャコリの空ボトルがどんどん床に並んでいく。

「それで、今日はなんのお祝いなの」

わたしが訊こうとしたことを、娘のカタリーナの口に豆のスープを運びながら姉が先に訊いた。

場が一瞬静まりかえる。

「え、何？」兄がみんなの顔をぐるり見まわす。

「お祝いじゃないんだ」

しばらくの沈黙のあとで、父がやけに重々しい口ぶりで、言った。

「え、なんなのよ」姉が言い、

「早く言ってよ」兄が言い、そうして父は、うつむいて、ちいさな声で、言った。

「かあさん、来週、入院することになった」

「また?」と、姉。「また?」カタリーナが、まねる。

ちょっと食べても吐いてしまうと母が言って、サン・セバスチャンの病院に検査入院したのは二週間ほど前だ。結局、夏ばてで胃炎をおこしているだけだとわかって、みんなで笑った。まだ夏もはじまっていないのに夏ばてなんて。弱すぎるよ。そんなふうに言い合った。

「ちがうんだ。胃炎じゃないんだ。それで、もしかしたら、そのままもう、帰ってこられないんだ」

父は一気に言うと、うつむいた顔を上げずに立ち上がって厨房に向かった。冷蔵庫を開け閉めする音が聞こえてくる。

「どういうこと?」姉が詰問口調でおばに訊く。

「意味わかんないよ」と兄。

「いみ……」まねようとしたカタリーナを、「やめなさい」姉がこわい顔で止める。

母の姉、わたしたちのやさしいおばが、ゆっくりと話すのを、わたしはぼんやりと聞いた。つややかに光る、塩だらにかかった緑のソースを見つめたまま。

母は胃炎だったのではなく、胃癌《いがん》だった。医者が告げた余命は三カ月、つまりステージⅣ、末期ということである。母はもともと並外れて忍耐強い女だが、その忍耐強さが災いした。本当はもっとずっと前から胃が痛んでいたはずだと医者は父に言ったという。今はインフォームドコンセントが義務づけられているが、父はどうしても母に打ち明けることができなかったらしい。医者と口裏を合わせ、「癌だが、ごく初期で、手術で除去すればなおる」と母に伝えているとおばは言った。入院するのはサン・セバスチャンの病院に決めた。ビルバオにはもっと大きな病院があるが、サン・セバスチャンのほうがこの町から近い。それに病室からは海が見える。母の好きな海が。

おばの話の途中から、姉が泣き出した。その背を夫がさする。カタリーナは心配そうに母親を見上げている。兄はバゲットをちぎって口に入れ続けている。父の妹二人は泣きそうな顔で食事を続けている。母の妹が声を出さずにハンカチを顔に押し当て、母の姉は鼻のあたまを真っ赤にして、塩だらをフォークでつつきまわしている。

チョリソ入りの豆のスープ。生ハム入りのコロッケ。白いスープに浮かんだ赤い海老《えび》。緑のソースのかかった塩だら。パンかす。光を反射するいくつものグラス。次々空いていくチャコリのボトル。

わたしは目の前にある景色に、はじめてぞっとする。

この人たち、いったい何をやっているの？　何を話しているの？　何が起きているか、わかっているの？

わたしは立ち上がる。みんながこちらを見るのがわかる。でも、わたしは顔を上げない。だれの顔も見返さない。そのままテーブルに背を向け、ドアに近づく。

「どうしたの」

「アイノア、どうした」

わたしの背に声がかかる。

「アイノア」父の声がし、肩越しにふりかえると、厨房から半身を出した父が見えた。黒い、ところどころ白く汚れたエプロンを掛け、手には二つの皿を持っている。皿には、デザートがのっている。羊の乳のムースだ。

「馬鹿じゃないの？」わたしは言う。声がかすれている。もう一回、かすれないように言う。「馬鹿じゃないの？　お祝いでもないのに、何をやってんの」ドアを開き、まだ明るいおもてに出る。ドアをたたきつけるように閉める。まだしらじらと明るい夜のなか、わたしは駆け出す。

母が亡くなったのは、新学期がはじまってまもなくだった。わたしたちはこの数日、容態が悪化してモルヒネを投与されている母の病室に、交代で泊まりこんでいた。母が息を引き取ったのは午後十時過ぎで、姉の夫と父の弟以外、親族は全員、病院にいた。

父たちが葬儀について相談しているとき、わたしは母の姿のない病室で、ロッカーの整理をしながら、医者ってすごい、と思っていた。あの馬鹿げた食事会から、三カ月と十日。医者の言葉どおり、母は亡くなった。

医者ってすごい。

そんなこと、思っている場合ではなかった。けれどわたしはほかに何を考えていいのか、まるでわからなかった。ともすると、母はもういないと、うっかり思ってしまいそうだった。あるいは、この三カ月間のかたちにならない怒りを、考えることでしっかりとしたかたちにしたててしまいそうだったし、怒りと表裏一体の罪悪感にのみこまれてしまいそうだった。それでわたしは胸の内でつぶやき続けた。

医者ってすごい。医者ってすごい。医者ってすごい。医者ってすごい。意味もなく、何度も何度も、呪文のように。

母が入院してからこの三カ月、わたしはできるだけ病院にいくようにしたけれど、父やおじやおばたちとは、必要以上は話さなかった。むかついていた。あの馬鹿げた食事会にも、それから、何か話し合う必要のあるときはいつもお祝いの席みたいに集まろうとする彼らのやりかたにも。そう、父は食事会をやり続けたのだ。母の病院にどういう順番で付き添うか？　母の友人を呼びたいが、あんまり頻繁に呼ぶと母がへんに思う、どうしたらいいか？　昔仲違《なかたが》いしたらしい女友だちを呼ぶべきか？　イタリアやフランスに移住している友人の宿はどうするべきか？　話し合うことはいつも多々あって、そのたび、父はクラブの集会所や近所のレストラン、ときには自分のレストランに集合をかけた。そしてそのいっさいを、わたしはボイコットした。そんなかと思ったからだ。食べることができなくなった母は、点滴で栄養を摂取しているとはずがないのはわかっている、でも、それじゃまるでたのしんでいるみたいじゃないいうのに、どうしてわたしたちが、ステーキやホタテを切り分けながら母のことを話さなくてはならないのか。父の行為とそれに応える親族は、わたしの理解をはるかに超えていた。

わたしはだから、彼らの決めたスケジュールを無視して、時間があればひとりで勝手に母の病院にいった。心配をかけるからなんにも言わなかったけれど、きっと母は、わたしが家族とうまくいっていないことを見抜いていたんだろう。病室にわたしがあらわれるとまず「ちゃんとみんなといっしょにごはんを食べている？」と訊いたから。母は、家族がひとりで食事をすること、あるいは友だちとファストフードばかり食べることを嫌っていたから、そういう意味合いの質問だとわたしは思おうとして、「ちゃんと家で食べてるってば」と答え続けていたけれど、あの質問はそういう意味じゃない。父や兄や姉たちと、ちゃんと仲よく話し合っているかと訊いていたのだ。

つまるところ、それがわたしの三カ月の怒りであり、罪悪感である。家族の話し合いをボイコットしたこと。いくら自分がただしいと思っていても、そんな論理とまったく関係なく、それはわたしを覆い続ける。わたしはそういう場所で生まれ、育ったのだ。どんな理由であれ家族をないがしろにするやつは地獄に堕《お》ちると、だれもが疑わないような場所で。

母が亡くなってから、卒業までの一年間、わたしはともかく必死で勉強をした。このあたりの、とくに女性の進学率はそんなによくない。わたしの母がそうであったように、中学高校、あるいはカレッジの同級生と二十代で結婚する女性は、未《いま》だに少なくないのである。マドリッドやバルセロナの大学にいこうと思ったら、高校だけの授業に頼っているわけにはいかない。こんなときだけ甘えるのはしゃくにさわったけれど、背に腹はかえられない、父に授業料を出してもらって受験専門の予備校に通い、帰宅後は自分の部屋で、休みの日は図書館で勉強した。

将来の具体的な目標があったわけではない。ただ、わたしは自分の住むこの町を出たかった。

父がレストランを営む店は、昔、父一家が住んでいたところだ。入り口の、厨房わき、バーカウンターになっている部分が、祖母のかつて営んでいたバルで、個室のいくつかと、暖炉のあるフロアが住まい、テラスにつながっているフロアは厩舎《きゅうしゃ》だったらしい。変色した写真が今も残っている。このレストランを、父は弟と経営している。父はコック長でおじはマネージャーだ。父の妹の夫は建築家で、妹自身はインテリアデザイナーである。数年前のレストランの建て替えは、そのおじが請け負ったし、内装はおばがやった。母の妹の夫はチャコリ畑の経営者で、レストランではそのブランドのチャコリしか扱っていない。兄は今、べつの町のレストランで働いているが、それはたんに修行で、いずれこのレストランを継ぐことになるだろう。姉はわたししたちの住まいの二ブロック先に家を建てた。嫁いだことを忘れそうなくらい、しょっちゅう実家にきている。

こんなふうなのだ。何もうちが特殊なのではない。このあたりはみんなそう。

多くの人が生まれた町を出ようなんて思わない。だれもはっきりそうと言わないけれど、結婚相手はバスク人、できれば近隣の町に住む人が望ましい。仕事をしていてもいなくても、料理上手で家を取り仕切ることのできる女性が結婚相手として理想的。わたしたちも例外なく、母にそのように育てられた。姉は成功例だ。高校を卒業後、ビール会社に就職したが、中学時代から交際していたボーイフレンドと結婚してすぐに退職、今は立派な専業主婦で、母そっくりの味の豆のスープを作る。そういうすべてに、疑いを持ったことなどただの一度もない。

この町を出るために、この家を出るために、がむしゃらに勉強をし、そして念願かなってバルセロナの大学に通うことになったわたしはたぶん失敗例だろう。

車で七時間、飛行機なら二時間の距離に引っ越すだけなのに、父も姉も、母の姉妹も泣いた。母がいなくなったのに、なぜまた家族が離れなければいけないのかと言うのである。おかげで、わたしはとんでもなくひどい悪行をしているような気分で空港をあとにしなければならなかった。

2

はじめて暮らす都会は、まるで異国みたいだった。言葉は通じる、教会もいたるところにある、信じている神さまもおなじ、町を歩いてもだれもわたしをふりかえったりしない、でも、そこはわたしの生まれ育ったところと何もかもがまったく異なった。何よりもあの圧迫感がなかった。家族や親族がつねに身近にいて、じっとこちらに目を向けているような圧迫感。学生も、バルやライブハウスで知り合った年上の人たちも、教師も、この都会に住む人はみんな一様に陽気で、独立し、自由で、自分というものをしっかり持っていた。わたしは自分の故郷を恥じるようになった。あの一帯、何百年も昔で時間が止まってしまっているように思えた。と、いうより、わたしじしんが何百年も過去から急に二十一世紀にやってきたように感じられた。

父や母が冗談交じりに口にしていたことわざが、スペイン全土に通用するわけではないということも、知った。女がパンツの紐《ひも》をしっかりしばっているから、亭主は元気で働ける、という父の口癖だったことわざを聞いたある友人は、男尊女卑だと本気で怒った。家庭は女が守るべきなんて冗談でも言っている人はいない。ずっと昔、自分はバスク人でスペイン人ではないと言っていた父と父の弟が、スペインとフランスのサッカーの試合の日、フランスのユニフォームを着てフランスを応援したとは、話すこともはばかられた。

何もかもが、本当にただの誇張もなく何もかもひとつのこらず、わたしにとっては新鮮で、気持ちよく、性に合った。母を失ったかなしみも、ときに忘れるほどだった。学生アパートに住み、授業のない時間はバイキングレストランで働き、夜は友だちになった数人とバルにくりだして飲んだ。未完成のいびつな教会がそびえるこの町では、体の関係を持っても男の子は結婚などと口に出さなかった。料理ができるか訊いたりもしない。それどころか、すすんでファストフード店に連れていってくれる。

ファストフード！　ほとんどはじめて口にしたそれらに、わたしは魅惑された。これもまた恥ずべきことだけれど、わたしの住む町には、ファストフード店はなかった。もちろん、まったく食べたことがないわけじゃない。ビルバオの町にもサン・セバスチャンにも数少ないがあったから。でも、こんなふうに日常的に食べられはしなかった。味だってそう悪くないし、安いし、忙しい学生にこんなに便利な食べものはない。

父も、兄も姉も、おじやおばたちも、みなしょっちゅう連絡をくれた。電話でも手紙でも、最初の一言はきまって「ちゃんと食べているか」。そんなことにもわたしはうんざりしていた。この人たちはいつだって、食べることばっかり。もっと考えるべきことが、いくらでもあるだろうに。おばたちは、ファストフードなんか食べてないわね？　と念を押すように訊く。だいじょうぶよ食べてない、とわたしは答える。信じていないのか、そういうやりとりのあとにはかならず、乾燥豆や塩だらの入った荷物が届く。今度のお休みには帰ってこられるのかと、父も姉も兄も毎回訊いたけれど、わたしは一度も帰らなかった。アルバイトと宿題で時間がなかったということもある。そのときどきの恋愛に夢中だったということもある。それに加え、わたしが帰ればきっと開かれるだろうクラブの集会所での食事会が、想像するだけで苦痛だった。わたしがあの町を決定的に嫌いになった、あの日を思い出させるにきまっているから。

一度、父が会いにきたことがあった。わたしが三年生のときの、夏だ。バルセロナに支店を出さないかという声がかかり、その場所を見にきたついでだと言っていた。

そのときわたしは恋人と暮らしていて、そのことを父に言わずにいたから、アパートに招くことはできなかった。アルバイトで忙しいし、アパートは教会が運営する学生アパートで男子禁制だからと嘘《うそ》をつき、父にホテルをとらせた。食事の誘いを断ることはできなかった。父はいくつかレストランの名を挙げたが、そのときわたしはそんな店に着ていくドレスも持っていなかったし、父としゃちこばって向かい合うのもいやだった。それで、わたしがよくいく店に父を誘った。学生でごった返した騒々しいバルだ。そこなら安いから、わたしが奢《おご》ることができる。

「卒業したら帰ってくるんだろう」と言う父の台詞《せりふ》に、早くもわたしはうんざりしていた。なぜそう決めつけて話すのか。

「帰ったって仕事なんかないじゃない」だから、つんけんした言いかたになった。

「うちのレストランを手伝えばいいじゃないか」

　わたしは何も言わなかった。ワインのおかわりをし、タパスをつまみ、店の奥にあるテレビを眺めるふりをした。

「仕送りの額を増やそうか」

「家を出るなら学費以外のいっさいは出さんと言ったのは自分じゃないの。男に二言はないって昔から言ってたでしょう」

「ここは物価が高いし、アルバイトやなんやかやで忙しいのはわかるけれど、墓参りくらいいってやらんと、かあさんもさみしがっているよ」

　知り合いがわたしの名を呼び、わたしは手をふってそれに応えた。カウンターにいき、二、三品追加注文をして戻り、ワインを飲みながらそれらを食べた。

「チャコリはないのか」

「あるわけないでしょ」うんざりしてわたしは言った。そうしてわざとらしく時計を見、「もう戻らなきゃ。アルバイト、抜けてきたの」とつけ加えた。

「こんなひどい店ばかりなのか」店を出るとき、父が言った。

「学生が集まる店なんだから、うるさいのはしょうがないでしょ」

「騒音じゃない。味だ。学生だからって馬鹿にしてるんじゃないのか」

つまり父はまずかった、と言っているのだ。何か言い返そうと言葉をさがしたが、言葉が見つかるより先に鼻の奥がつんとしたので、あわててわたしは父に背を向けた。

「ホテルまでひとりで帰れるわね」わたしは言って、返事も聞かずに歩き出した。

「ちゃんとしたものを食べろよ」背後で聞こえた声も無視した。

歩いているうち泣けてきた。かなしくてではない、恥ずかしくて、だ。こんな大きな町でひとり暮らす娘が、嘘をついているとはいえ、それでも時間を作って待ち合わせをし、自分で支払える安い店に父親を連れてきたのだ。うまいとかまずいとか、味の評価をしている場合じゃないだろう。わたしは父を恥じた。思いやりより味覚を優先する、神さまに選ばれた料理人を恥じた。母の病状を伝えるためにお祝いのような食事会を開いた父を、さらにもう一度、恥じた。

しばらく歩いてふりかえると、橙色《だいだいいろ》の街灯が照らす夜の石畳を、遠ざかる父のうしろ姿があった。恥ずかしい父は、夜にのみこまれるようにちいさくなっていく。

3

大学を出て、もちろんわたしは家には帰らなかった。卒業旅行で中国を旅してから、旅行にはまってしまい、バルセロナでアルバイトをしてはまとまったお金を貯めて、また旅に出る、ということをくり返すようになった。ひとりのときもあれば、そのときつきあっていたボーイフレンドが旅好きならばいっしょに旅立った。旅先で別れたこともある。旅先で恋に落ちたことも。

それでなんにも不安を感じなかった。どんな場所にいっても、インドにもネパールにもフィンランドにも、わたしと似たような格好で、似たような暮らしをしている世界各国の男女が大勢いた。十八歳まで世界のすべてだった、わたしの生まれ育った町は、旅をすればするほど、どんどん、どんどん、ちいさくなっていった。

料理をするようになったのは、節約のためだ。

バルセロナにいるときはもちろん、旅先でも。市場で安く食材を買って、宿の共同キッチンで作る。わたしにはきっと料理の才があるんだろう、姉のように母に教わったわけでもないのに、たいていの料理がおいしく仕上がった。けれどその料理は、神さまに愛されるたぐいのものではない。もっと日常的な、ごくふつうのおいしさだ。つまり、その才は父から受け継いだものではなく、母からのものだ。

その土地の料理を覚えるのもたのしかった。タイの、甘くて辛くて酸っぱい繊細な味。メキシコの、豆を使った幾多の料理。モロッコの、豪勢に焼いた羊をアラビアパンに挟むサンドイッチ。インドの、ともかく多彩なカレー。宿のキッチンでそれらを作っては、おなじ貧乏旅行の仲間にふるまったり、宿の経営者一家にごちそうして宿代をおまけしてもらうこともあった。そうして大勢で食卓を囲んでいると、白昼夢みたいに幼いころの光景が思い出された。

家から車で十分ほど走ったところに広大な公園があり、その一角にバーベキューコーナーがあった。夏になると、父の仕事が休みの日、家族で出かけてよくバーベキューをしたものだった。クラブの集会所が予約済みで使えないとき、親族で集まったこともあった。

子どもたちは芝生の上を走りまわって遊び、そのあいだ、大人たちが飲みながら陽気な笑い声を上げて食事の準備をした。走りまわってくたびれるころ、肉や野菜の焼けるいいにおいが漂ってくる。食事だと母の呼ぶ声がし、みんなテーブルにつく。だれかが瓶ごと持ってきた鰯《いわし》やツナを食べながら大人たちは談笑し、子どもたちは焼けた肉にかぶりついた。空は高く、ぴんと張った布地のようにどこまでも真っ青で、そこに絵を描くようにヒバリがさえずりながら飛び交っていた。

唐突に思い出されるその光景の、あまりの美しさにわたしはときにたじろいだ。それらの記憶は淡くも忌まわしいものに変わったのだと信じていたから。嗅ぎ慣れないスパイスのにおいを嗅ぎながら、食べたことのない豆を煮ながら、かたまりで売っていた羊の赤々とした肉を切り分けながら、その記憶の光景のあまりのうつくしさに、落涙さえしそうになる。ごはんを食べているかと相変わらず訊く、父やおばや、兄や姉の声が、母のそれに重なって思い出される。

ゲストハウスで数回食事を作れば、長期旅行者のあいだでわたしの名が口にのぼることもある。数人のスペイン人が集まったこともある。「ここにくれば、スペインの名シェフが破格値でスペイン料理を食べさせてくれると聞いたから」と、申し合わせたように言う。そういうとき、わたしは市場で買いものをして、料理を作る。代金は材料費の頭割りのみ。二年故郷に帰っていないという男の子が、わたしの作ったトルティージャで泣いたこともある。その国々の豆とソーセージで作るスープは、どこの国でもどこの国出身の人にも評判がいい。

そしてわたしが「スカウト」されたのは、ネパールとインドを旅していた二十七歳のときだった。

そのときわたしが滞在していたのはポカラで、イタリア人の登山家グループに頼まれ、ゲストハウスのキッチンを借りて食事を作ることになっていた。ネパールは幾度も訪問していて、ゲストハウスにも食堂にも知り合いがいる。

ポカラはのんびりした町で、チョモランマを目指した、もしくは登頂を終えた各国からの登山隊や、あるいはアンナプルナに向かう旅行者グループが登山前後によく滞在している。知り合いのゲストハウスオーナーは、若いときにシェルパをやっていたこともあって、山と登山者が好きで、よく彼らの面倒を見ている。今回も、イタリア人登山隊がいるから食事を作ってほしいと彼が言ってきたのだった。イタリア人をさがしたんだけどいないんだ、スペインもイタリアも似たようなものだろ、と失礼千万なことを憎めない笑顔で言って。彼はそんなふうに、料理の得意な旅行者に声をかけているらしい。日本人登山隊のために、年配の日本人旅行者に料理させたこともあると言っていたし、オージー登山隊とバーベキューをしている色あせた写真もゲストハウスの壁に貼ってある。

トマトと山羊《やぎ》のチーズでサラダを作り、ダル豆とソーセージでスープを作り、じゃが芋と羊肉のミンチでコロッケを作り、わたしの作るパスタはイタリア人にはとかく評判が悪いので、パスタではなくリゾットを作り、それからハーブとオリーブオイルでマリネした羊肉の炭火焼きを用意した。ゲストハウスのスタッフたちとそれを屋上に運ぶ。夕食には少々早い午後五時には支度が調った。登山隊が次々とあらわれ、あちこちで歓声が上がる。いわゆるプロの登山家たちのほかに、ゲストと呼ばれる素人も混じっていると聞いた。地元のシェルパたちもよろこんで食べている。日が暮れ、アンナプルナが白く浮かび上がる。

これを仕事にしないかと、そのときわたしは声をかけられたのだった。

声をかけてきたのは三十代後半とおぼしき男性で、なまりのない流暢《りゅうちょう》な英語をしゃべった。彼は登山隊の一員ではなく、登山隊にいる友人に今日の食事のことを聞き、まぜてもらったのだと話した。

「仕事って、ここで登山隊に食事を提供する仕事？　だったら無理ね、一カ所にとどまることができない性分だから」

グラスにワインを入れて彼に手渡し、わたしは言った。

「なら、なおのことちょうどいい。世界各地を移動しながら食事を作る仕事だよ」

彼はワインを一口飲み、話しはじめた。

世界各地に存在する難民キャンプにいって数週間から数カ月滞在し、彼らのために無料の炊き出しをするＮＧＯ団体があり、彼はそこに所属している。その団体に加わらないかと、つまり彼は言っているのだった。

「国境なき医師団っているだろう。あれの料理版だと思えばいい。国境なきシェフ団」

そう言って彼は笑った。

仕事についてわたしは考えたことがなかった。考えたことがなかったということに、そのとき気がついた。アルバイトをして旅をする生活を続けて、ずっとこのまま、気楽に生きていくんだろうとなんとなく思っていた。だから、彼の話を聞いても感じることは何もなかった。そんなふうな仕事があるのかと思っただけだった。そういうボランティアってお給料はどうしているのと訊いたのは、だからたんなる下世話な好奇心だ。けれど彼は、わたしが興味を持ったと思ったらしく、給料はちゃんと出る、そんなに高額を期待されても困るけど、と熱心に語りはじめた。アワーガーデン、わたしたちの庭、という名のそのNGO団体の本部はイギリスにあり、世界各国に事務局があるという。数多くの企業がスポンサーとなっていて、彼らからの援助が主な運営資金で、あとは寄付金で成り立っているという。彼は自分が受け取っているという具体的な金額まで言い、そしてふと真顔になってわたしをのぞきこんだ。

「ただもちろん、いいことずくめってわけじゃない。難民キャンプが存在する場所っていうのは、当然ながら紛争地域が多い。暴動に巻きこまれることもあるし、下手すると誘拐されたりいのちをねらわれたりすることも、ないとはいえない」

でも、そこまでして、それでどうなるの。わたしは思った。一生その人たちに食事を提供し続けるわけにはいかない。いのちを危険にさらしながらある時期そこに逗留《とうりゅう》して、あたたかい食事を平等に配って、でもいつかは引き揚げる。そのあとで彼らはどうなるの。また飢えるわけ？　だったら、なんの解決にもならないじゃない。

思うだけで実際口にしなかったのは、興味がなかったからだ。そんな問題を、初対面の男と論じる気にはとうていなれなかった。わたしはもともと寄付にもボランティアにも懐疑的だ。百ユーロユニセフに寄付をして、いったい何を救える？

「今はポカラの難民キャンプにきてるんだ。それで、登山家の友人がちょうどポカラにくるっていうから会いにきたんだよ。このあたりには難民キャンプが四つある。チベットから逃れてきた難民たちだ。ここいらでは暴動なんかはないから、まだ平和なほうだけど、でも、いつ何が起きるかはわからないよね。もし興味があったらたずねてきてよ。連絡くれれば、宿まで迎えにくるから」

「ありがとう」わたしは言ったが、もちろんいくつもりはなかった。

彼の肩越しに、ワインをつぎ合い、笑い、肉にかぶりつき、夜空を見上げて星を数える人々の影が見える。明日この地をあとにし、高地トレーニングをしながらチョモランマを目指すのだと聞いた。

「あんなに飲んでだいじょうぶなのかしら」

独り言のようにつぶやくと、ふりかえり、彼は笑顔を見せた。

「だいじょうぶ。イタリア人だから」

そしてズボンのポケットから名刺を取り出すと、「もしその気になったらいつでも連絡ください」とわたしに向かって差し出した。

八時にはお開きになった。帰り際、みんなわたしに握手を求め、

「本当においしかった」

「頂上まで専属シェフとして連れていきたいくらいだ」

「無事登頂できるって約束されたような食事だったわ」

「きみのおかげで力がみなぎってきた！」

と口々に言い、陽気に帰っていった。ゲストハウスのスタッフたちと後片付けをする。料理はほとんど残っていなかったから、彼らの言葉は本当だったのだろうと思った。

それきり、国境なきシェフ団のことは忘れるはずだった。三日後、予定通りカトマンズからビルガンジを経てインドに入り、これも予定通り二週間インドを旅し、デリーからバルセロナに帰る。いや、実際、予定通りわたしは旅を終えたのだ。バルセロナでは恋人が迎えにきてくれて、車でともに暮らすアパートに向かった。また数日後からアルバイト暮らしがはじまって、次はどこを旅しようと考える、そういう日々がはじまるはずだった。もし、あのとき、帰る間際の空港で、ふと思いついてポカラのゲストハウスに電話などしていなければ、そうなるはずだった。

飛行機が予定より遅れ、わたしは暇をもてあましていた。ルピーもずいぶんと残っていた。バルセロナの空港に迎えにくることになっていた恋人に電話をかけて、到着時間が遅れることを告げ、それでもまだ時間もルピーも余っていて、それでわたしはふと、本当にふと、わたしの食事を食べた登山隊を思い出し、彼らは登頂を果たしたのかどうか、ゲストハウスのオーナーに電話をかけて訊いてみたのだ。

三日前にアドバンスベースキャンプでのトレーニングを終え、出立した登山隊と、昨日から連絡がつかないらしいと電話口で彼は言った。何かあったの、とわたしは訊き、あったんだろう、と電話口から返ってきた。どうなるの、とさらに訊くと、ともかく連絡がとれるのを待つしかないな、とのことであった。しばらくの沈黙のあとで、受話器から声が伝わってきた。

「こういうとき、思うんだよ。ああ、あの日、あいつらが食いたいものをたらふく食えて、よかったって」

また連絡すると言ってわたしは電話を切った。何を考えていいのかわからなかった。そのまま、空港内のカフェに入ってビールを飲み、ビールを飲み終えて免税店に入り、香水の香りをいくつか比べて、香水ではなく機内で読むための雑誌を買い、トイレにいき、そうして搭乗時間が近づいたのでゲートに向かい、待ち、並び、窮屈な座席に体を押しこめた。

あの日、あいつらが食いたいものをたらふく食えて、よかった。

無事登頂できるって約束されたような食事だったわ。

頂上まで専属シェフとして――。

目を閉じるとさまざまな声が聞こえた。そしてまた、子どものころの、まぼろしのような光景が浮かんだ。青空の下、テーブルに並ぶたくさんの料理、芝生をかけまわる子ども、脛《すね》にちくちくあたる雑草、バーベキューの煙。

こういうとき、思うんだとオーナーは言っていた。つまり、今回がきっとはじめてではないのだ。彼のゲストハウスで故郷の味に親しんで出立したグループの何人かは、それきり帰ってこなかった。ああ、そうか、だから彼は、あんなふうに熱心に料理人をさがすんだな。旅立つ人々に、なつかしい味を提供しようとするんだな。

一睡もできなかった。

飛行機はバルセロナの空港に無事着陸し、乗客たちは立ち上がり、頭上の荷物をそれぞれとる。ずらずらと列になって飛行機を降り、長い通路を競うように歩き、入国スタンプの列に並び、スーツケースやナップザックが流れてくるのを待ち、薄汚れたナップザックを拾って背負い、そうしてわたしは、鞄《かばん》をさぐって名刺を取り出した。到着口をくぐり、迎えにきているはずの恋人の姿をさがしながら、わたしは彼に連絡を取ろうと決意していた。

4

空港にくると言っていた恋人の姿が見あたらない。しかたなく携帯を取り出し、電話をかける。なんていい時代なんだろうと、こういうときに思う。もしわたしが二十代のときに携帯電話というものがあれば、もっといろんなことがうまくいっていたんじゃないかと思わずにはいられない。いろんなこと、というか、つまりは恋愛だけれど。三カ月の旅を終えて帰ったら、恋人がわたしの女友だちとカップルになっていたこともあった。旅と自分とどっちがだいじなんだと詰め寄られたあげく、ふられたこともあった。もし携帯電話だのメールだのがあの時代にあれば、そんな思いはしなくてすんだんじゃないかと思うのだ。

「どこ?」電話に出たホセに言うと、

「急な仕事が入って、悪い、いけなかったんだ」と言う。

「わかった。じゃあ、帰ってるね」

電話を切ろうとすると、

「話があるんだ」と、声が届いた。すっと白い予感が走る。その話は、たぶんいい話ではない。

「わかった。家にいればいい？」

「八時には帰る。それから話そう」

電話を切って、スーツケースを転がして国鉄乗り場に向かう。

蛸《たこ》のカルパッチョ。ツナと卵のサラダ。豆のスープ。鶏のトマト煮込み。ホセの好物を思い出す。疲れてはいるが、飛行機でたっぷり寝たから余力はある。

列車がくるのを待つあいだ、電話をかける。二回のコールで姉が出る。

「今帰った」

「そう。向こうではちゃんと食べてたの？」

相変わらずの質問だ。

「食べてたわよ。食べさせるのが仕事なんだから」

「無事でよかった。おとうさんたちにも知らせておくけど、あんたからも電話しなさいね」

「そうね、お店の休憩時間にね」

父の営むレストランは、五年前にまた内装をあたらしくした。もちろんおばの夫が設計し、おばが内装をコーディネイトした。その写真を、今は父の下で働いている兄がメールで送ってきた。黒と白のモダンな店だった。

ミシュランの三つ星に認定されたのは、内装が新しくなってから数カ月後だ。それがどれほどの名誉なのか、門外漢のわたしには今ひとつわからないけれど、すごいことだとは理解できる。そのときスリランカにいたわたしは、きっと彼らがクラブの集会所で祝っただろうと思った。ありありと想像できた。テーブルに並ぶ料理の数々すら。

今では父のレストランは、三カ月先まで予約が埋まっているという。六十を過ぎた父は、未だに厨房にいる。有名でもなんでもなかったころの信念を、未だ持ち続けているのだ。そう思うとき、わたしはバルセロナの夜を思い出す。支店を出す場所の視察にきたと言った父。料理人は厨房にいるべきだと信じる父が、支店など、出そうと思うはずがないのだった。

帰り道の途中のスーパーで買いものをして、酒屋でワインを選び、半年ぶりの我が家に帰る。部屋はきちんと片付いている。きれい好きなホセは毎日部屋を整えることを苦にしていない。いっしょに暮らしはじめたときは、だから、理想の人だと思った。飲むことと食べることが好きで、サッカーと踊ることが好きで、わたしの手料理が世界一だと言ってはばからず、友だちをおおぜい呼んで馬鹿騒ぎするのが好きだ。マドリッド生まれの彼は、女はしっかり家を守るべきだなんて思いつきもしない。結婚という制度だって頭から肯定したりすることはない。何々すべきだ、とか、何々しなければ、といった考え方を、する人ではない。

そうだ、最初に会ったとき、わたしのやっている仕事内容を聞いて彼は泣いたのだ。なんてすばらしいことをきみはしているんだ、と言って。神さまの不備をおぎなう仕事じゃないか。ぼくにはそんなことはできない。きみは選ばれたんだ、神さまに。そう言って泣いた彼は、庭園の設計を生業としていた。それだって立派な仕事だとわたしが言うと、世のなかには神さまに選ばれなくてもいい仕事のほうが多いんだよと真顔で言っていた。

理想の男だった——過去形ではない、理想の男なのだ。今も。

スーツケースとナップザックを寝室に運び、後片付けは明日にして、わたしはキッチンに立つ。冷蔵庫に飲みさしの白ワインがあったので、それをちびちびやりながら、料理をはじめる。

二十七歳のとき、インド、ネパールの旅から帰ったわたしはNGO団体アワーガーデンの職員になった。ふだんはバルセロナの事務局に勤めている。一年に二度ほど、各地の難民キャンプに三カ月から半年滞在し、UNHCRや国連世界食糧計画のスタッフと協力し合い、炊き出しを行う。昨年はウガンダとの国境近くにあるケニアのカクマにいた。昨日まではカブールだ。

豆を煮、バゲットを切る。ざく切りにした野菜を炒めて、トマトと鶏肉で煮こむ。骨組みだけが救いの手をのばすように残る崩れた建物、銃弾跡が生々しく残る民家、崩れた瓦礫《がれき》がところどころで山を作る町に、市場がある。テントと急ごしらえのバラックがゴミくずみたいに散らばるキャンプに、露店が並ぶ。ザクロ、オレンジ、カリフラワー、じゃが芋、茄子《なす》、玉葱《たまねぎ》、羊の、牛の、鶏の生肉、パン、豆、穀物、なんでもある。驚くほどなんでもある。キャンプの人々の手に入らないだけだ。

二十七歳のわたしは、気楽な旅の途中で炊き出しの話を聞かされ、それでどうなるの、と思った。一生その人たちに食事を提供できるわけではないのに、と。

わたしがはじめて参加した現場はタイのリゾート島だ。六年前の年末に起きた大地震と津波による大打撃を受けた島で、三カ月のあいだ炊き出しをし、そのあいまには救助活動をした。二十代のころ、貧乏旅行の骨休みにきたことがある島だったのだが、あまりにも様変わりしていた。そのときわたしは思い知った。それでどうなるなどと、問うている場合ではないのだった。ほんのいっとき食事を提供して、何が解決するわけではないなんて、机上の空論以外の何ものでもないことを、わたしはそのとき頭ではなく体で知った。解決を待つあいだに、不正を暴くあいだに、平和を訴えているあいだに、正義をふりかざしているあいだに、空腹で人は死ぬのだ。一年後、五年後、すべての未来は、今日という日を乗り越えなければ永遠にやってこないのだ。憂うなら、未来でなく今日、今なのだ。

準備を終えたのが午後五時。あとはホセが帰ってから、あたためたり盛りつけたりするだけだ。さっき買ったワインを冷蔵庫に入れ、シャワーを浴びて部屋着に着替え、父親に電話をしようとしてやめ、つかの間眠った。

窓からたっぷり日の射しこむクラブのあの集会所で、父がパンを切り分け、チャコリをつぎ、みんなで乾杯し、部屋に満ちる光のような笑い声を上げている夢を見たのは、きっと台所から漂う豆のスープや煮込み料理の香りのせいだろう。

はっと気がつくと、外はまだ明るいが、八時近くである。わたしはあわてて起き、髪を整え、台所に向かう。皿とグラスを用意し、あたためる必要のない料理から並べていく。

ホセが帰ってきたのは八時を少し過ぎてからだった。テーブルを一瞥《いちべつ》して、わたしの髪にそっと触れると、

「シャワーを浴びてくる」と言ってバスルームに向かった。

わたしは先に感じた白い予感を胸の内で転がしながら、夕食の準備をする。すべてがちょうど調うころ、バスルームから出てきた彼が席に着く。わたしたちは白ワインで乾杯をする。わたしは食べはじめるのに、彼はフォークを手にすることもなく、ただ、飲んでいる。白い予感を霧散させるためにわたしは口を開く。昨日まで見ていた景色を説明する。市場の鮮やかさ。対照的なキャンプ。赤ん坊を育てるたった六歳の少女。どこかで止まったまま決して届かない支援物資。爆撃の音、子どもの笑い顔、炊き出しにできる長い長い列。

「それって自慢?」

彼が口を挟み、わたしはぽかんと口を開けて正面から彼を見る。

「え?」

「こんな危険なところにいっていたんだという、自慢?」

「なんで自慢する必要があるの?」言葉は理解できるのに、意味がまるでわからない。

「そんなふうにして話してくれたって、ぼくにはなんにも想像できない。そんなところ見たこともないし、見ることもないだろう。爆撃の音なんか聞きたくもないし、人が死んでいくのを見たくなんかない。だから話しても無駄だよ」言葉とは裏腹に、彼はおだやかに笑っている。

「そう、なら話さないわ。興味のない話をして悪かったわね」

わたしも笑って言い、豆のスープを口に入れる。なつかしさに気が遠くなる。昨日まで、芋と穀物ばかりの食事だったのだ。豆もあるにはあったし、わたしの豆のスープは人気があったけれど、でも、やっぱりここで、この豆で作るものとはどうしたってちがう。

「あなたはどうしてた？　最後のほうはメールがあんまり届かないから、忙しいのかなって想像してた」

「やっぱり、ぼくには無理みたいだ」笑顔のまま、言う。

わたしも頰に笑みをはりつけたまま、彼を見つめ、つぎの言葉を待つ。だいじょうぶ。こんなこと、はじめてじゃない。

「危険な地域にいって、今日は無事だったろうかとどきどきして、届くメールに心底ほっとして、でも、こっちの気持ちも考えず、嬉々《きき》として、冗談さえ交えて、そこでの暮らしを自慢げに話す人と、この先いっしょに暮らしていく自信がない」

こんなこと、はじめてじゃない。だってあなた、すばらしい仕事だと最初に言ったじゃないの、なんて台詞は通用しない。あのときそう思ったからって、今もそう思っているとはかぎらない。時間は流れるし、人は変わる。はじめてじゃないから、わたしは知っている。そうか、携帯電話にはわたしの恋愛は救えないのか。

「そう言われるのかなと思った。でも、わたしたちはつきあってもう四年になるし、はいそうですかってそれだけで終わりにするのももったいないと思わない？　もう少し話し合うことはできないのかなって思うんだけど。もしかしておなか、すいてない？　鶏の煮込み、好物じゃない」

取り分けようと手をのばすが、彼は皿を渡そうとしない。

「これから別れようという話を、和気藹々《わきあいあい》とメシ食いながらすればいいの？」

彼の顔からようやく笑顔が消える。笑顔にはいらだちと失望が隠されていたことを、ようやくわたしは知る。

「最後の晩餐《ばんさん》になるかもしれないじゃない」

わたしはすがるような気持ちで言う。和気藹々と話してどこがいけない？　最後の時間の記憶が幸福な食事の光景じゃ、なぜいけない？

――あ。

そこまで考えたとき、わたしは声を上げそうになる。

高校生のときの、夏休み第一日目のことを色濃く思い出す。集会所に集まった親戚たち、父の作った母の好物、高く掲げられた瓶から注がれるチャコリ、夏の白い夜の光、姉の涙、兄の無言、物理的な痛みに耐えるような父の顔。パンかす、空き瓶、空の皿。

そうするつもりはないのに、笑ってしまう。だって、おんなじじゃないか。

「おかしいか」向かいで、わたしが愛した、今も愛する男が言う。いらだちと失望を、彼はもう隠さない。

おんなじだ。逃げて逃げて逃げおおせたつもりでも、わたしはやっぱりあの家族の一員だ。母の作る毎日の食事と、父の作る華やかな料理と、親族一同で囲んだ食卓は、どうしようもなくわたしのなかに在る。そういうもので、つまりわたしは成り立っている。よろこびも、かなしみも、くやしさも、安堵《あんど》も、わたしたちは感じるのではなく、味わってきた。食卓にのせて、みんなで囲んで、そうして分かち合ってきた。ただしいかそうでないか、わたしにはわからない。けれどわたしたちは、そういう方法しか知らないのだ。わたしは今、ようやく理解する。あの日のことを。父のことを。そういう方法しか知らない大人たちのことを。

「わたしがこの仕事をはじめようと思ったきっかけは」

気づいたらわたしは話し出している。自分の声がテレビの音声のように素っ気なく耳に届く。

「登山家たちの食事を作ったことなの。アンナプルナを目指したその登山家たちは、途中、悪天に見舞われて遭難しかかったの。わたし、そのとき思ったの。あの人たちに食事を作ってよかった。おいしいと言ってもらえてよかった。だってそれは、しあわせな食事の記憶がひとつ、増えたってことでしょ。あとで聞いたんだけど、わたしが食事を作った登山隊は結局、登頂をあきらめて下山したらしいわ。幸いなことに怪我人も死者も出なかった」

わたしは向かいにいる恋人に向かって話す。白ワインを飲み、鶏を切り分け、口に運んで、咀嚼《そしゃく》し終えてまた話す。

「結局わたしはそれからすぐにこの仕事につくわけだけれど、それでも迷いがあった。そんなことやったって無駄じゃないか、というのがいちばん大きい疑問。キャンプで暮らす難民たちは何年も、もしかしたら一生その仮の地で、食べるものに困りながら暮らす。たった一カ月、もしくは半年、いや一年だって、食事をもらって、何がどうなる？　飢餓自体をなくすことなんて、できないんだもの」

恋人の、ちっとも減っていない白ワインのグラスに、促すように白ワインをつぎ足す。それをじっと見ていた恋人は、静かに立ち上がる。わたしは料理を食べる手を止めない。

「でも、あのときの気持ちを思い出した。登山隊と連絡がつかなくなったと聞いたとき思ったこと。わたしはしあわせな食事の記憶をひとつ、作ったんだという気分。そう、一度でいい。できるだけ多いほうがそりゃのぞましいけれど、でも、それが無理だというんならたった一度、たった一度でいいから、家族で笑って食卓を囲んだ記憶を、すべての場所に住む人に持ってほしいと思うようになった。危険な場所、闘いの絶えない場所、作物の育たない場所、災害に打ちのめされた場所、すべての場所に住む人に。傲慢で、途方もなくて、おこがましい夢だけど、でも本当にわたしはそう思うし、それは可能だと思っているの」

彼は背を向けて、ドアに向かう。廊下へと続くドアを開き、数歩歩いて後ろ手にドアを閉める。部屋はしんと静まりかえる。元恋人の、まるで汚れていない皿を見つめて、わたしはひとり話し続ける。

「わたしはこの仕事につく前は、炊き出しなんてカオスだろうと思ってた。みんな我先に争いながら食べものを得ようとするんだろうと想像してた。でも、ぜんぜんちがった。子どもなんてあたたかい料理ののった食事を渡しても無表情でそれを見ているの。それがおいしいもので、食べるもので、しあわせになれるものだと、わからないの。そういう記憶がないから、わからないの。それがだんだん、日がたつにつれ、顔と目に表情が出てくる。家族で、木の下で、集まって、輪になって、ちいさい子がちいさい子を抱いて、わたしたちの作った料理を食べる」

わたしはその光景に、幾度も幾度も、自分の記憶を重ねた。バーベキューの日の、集会所での、家の食堂での、しあわせな、笑いに満ちた食卓の記憶を。実際、それは驚くほど似ているのだった。そこが、瓦礫だらけの紛争地域だとしても、災害の爪痕が生々しく残る災害地だとしても、肩を寄せ合い食事をする親子というのは、まずしさにもゆたかさにも侵されることなく、不思議と似るものだということを、この仕事をはじめてわたしは知った。

「だからとても残念だわ。あなたと、しあわせな食事の記憶を一回作り損ねたことが」

わたしはつぶやき、ひとり食事を続ける。

集合は八時三十分。七時にはわたしは厨房に入り、ひとり準備をはじめる。戻しておいたたらをほぐし、オリーブオイルでじっくりと煮るように炒める。ベシャメルソースに生ハムのみじん切りを混ぜ、ボール状にまるめていく。八時近くなると、兄と、母の姉、父の弟が次々にあらわれる。厨房に入っているわたしにびっくりし、でも、止めていいのかどうか迷いながら、顔を見合わせているのが気配でわかる。会員の家族は女性でも集会所に入れるようになったものの、厨房は未だ、男性専用なのだ。そんなことは承知だけれど、今はもう二十一世紀。外の世界を知らない彼らに、わたしが今の時代というものを教えこまなければならない。

とりあえずやってきた人々にチャコリを注ぎ、先に飲みはじめていてもらい、料理を続ける。八時を過ぎて父がきた。父と会うのはずいぶん久しぶりである。最後に会ったときに見た、父の背中を思い出す。バルセロナの支店などと嘘をついてわたしに会いにきた、父の背中。

「何をやってる、今から支度するから、出なさい」父が言う。

「今日はわたしがふるまうって決めてあるの。チャコリを飲んで待っていてよ」わたしは父にグラスを手渡し、そこにチャコリを注ごうとするが、

「厨房は男しか入れないんだし、酒はホストしかついではいけないんだ」父はかたくなに言う。

「じゃ、今日のホストはわたし。それでいいじゃない。古いこと言わないで」

「古いも何も、それがここの伝統なんだ、みんな守っていることなんだからうちだけ

特別というわけには」

「今日は親族しかいないんだからみんなが黙っていれば、クラブの頭のかたい役員連中にばれやしないわよ」

「頭のかたいとはなんだ」

「もう、やめなさいよ！」母の姉がぴしりと割って入る。「アイノアがせっかく帰ってきたんじゃない。わたしはだれの料理だっていいわ。おいしいものが食べられるのなら」

その台詞に、思わずふき出すと、兄も、父の弟も、つられて笑った。

「そうだ、おいしいものが食べられるんなら、なんだっていいさ」

父の弟が言い、ようやく父は黙ってわたしのつぐチャコリをグラスに受けた。

八時半には全員がそろった。みんな入ってくると、厨房にいるのがわたしだと知って驚いた顔を見せた。姉の子どもはもう中学生だ。はっとするほど姉に似ている。そうして見まわしてみれば、みんな平等に歳を重ねている。

料理を並べ終えると、わたしと父はみんなにチャコリをつぎ、姉がパンを切った。乾杯をし、食事がはじまる。わたしにとって親族の食事会は、あの日以来だ。母がもう帰ってこられないと知った夏の日以来。あの日から逃げて逃げて、そうしてまた、ここにたどり着いている。

訊かれるまま、わたしは話す。今まで料理を作ってきたたくさんの国と、そこで作ったものについて。この町を出ない父やおじやおばに、世界の断片を話して聞かせる。そこで供する食事について、それを食べる家族について、話す。話の切れ目に、声が聞こえる。

それで、あなた自身はちゃんとごはんを食べているの。

母の声だ。

わたしはこのテーブルのどこかに座っている母に向かって胸の内で答える。

食べてるわよ、だいじょうぶ。

理由

井上荒野

井 上 荒 野
いのうえ・あれの

1961年東京生まれ。1989年「わたしのヌレエフ」で第1回フェミナ賞受賞。2004年『潤一』で第11回島清恋愛文学賞、08年『切羽へ』で第139回直木賞受賞。11年『そこへ行くな』で第6回中央公論文芸賞受賞。『ベーコン』『つやのよる』『あなたにだけわかること』など著書多数。

どうして？　とみんなは聞く。

質問されたら答えなければならない、と小さな頃から教わってきたから、私は理由を考えた。

いくらでも答えられる。やさしい。男らしい。料理がうまい。頭がいい。教養がある。趣味がいい。きれいな目をしている。手が大きい。体温が高い。いい匂いがする。年を取っているけれど気持ちは若い、とか。肉体だってじゅうぶんに若い、とか。六十歳は老人じゃない、とか。老人だとしてもすばらしい、とか。老人だからすばらしいのよ、と言うことだってできる。

本当に、カルロを愛する理由は無数にある。でも――。

私は爪を嚙《か》む。困ったときや苛立《いらだ》ったときの癖で、もし今ここにカルロがいたら、噛むなら僕の爪を噛めよ、と言うだろう。僕が何とかしてやるから、と。

今、私のそばにカルロはいない。だから私は爪を噛み続けながら、でも――と思う。理由が無数にあるということは、理由がひとつもないのと同じなのではないだろうか、と。


鍋の中の野菜はもうすっかり柔らかく煮えている。

玉葱《たまねぎ》、セロリ、トマト、二種類のズッキーニ、パプリカにインゲン豆。どれも私たちの畑で穫《と》れたもの。ほんの少しの塩だけで味をつける。大鍋いっぱいのミネストローネ。野菜をハンディミキサーで潰すのは、カルロが育ったモンフェラートの家の流儀だ。

私はミキサーのスイッチを切って耳を澄ませた。誰かが戸を叩《たた》いている。私たちの家の玄関には、カルロが丘ひとつ向こうの廃村で見つけてきたフクロウのノッカーが取りつけてあるが、その音ではない――手ではなく肩や頭をドアにぶつけているような音。私は玄関に飛んでいった。カルロが帰ってきたのではないか、と思ったのだ。でもドアの外にいたのは、驢馬《ろば》だった。

「ネーヴェ……」

私の声には自分でもどうしようもなく絶望が混じってしまう。ネーヴェがここにいるということは、驢馬たちはまた柵を踏み越えたのだ。

「ネッビアはどこなの？」

コート掛けの麦わら帽子を摑《つか》んで、私は表に出た。草の匂いにむっと包まれる。今日は容赦のない晴天だ。アルプスに見下ろされるこの土地も、七月の正午はじゅうぶんに暑い。

カルロは高校の英語教師として三十年間勤め上げ、退職金で三つの連なった丘を買った。そして私と結婚したのだった。丘の上には、この土地を捨てた人たちの住まいだった石造りの家も幾つか残っていて、その中のひとつで今、私たちは暮らしている。直したり積み上げたり、刈り取ったり耕したりしたのは私たちだ。私とカルロ。二人でいるとき、それは過不足ない人数に思えた。

牡《おす》驢馬のネッビアを見つける前に、畑が踏み荒らされていることに気づいた。悲鳴は上げなかった。前にも同じようなことがあり、跡形もなくなった豆の苗や踏みしだかれた花壇を見て私は悲鳴を上げたけれど、それは横にいるカルロに聞かせるためだった。大丈夫、苗はまた植えればいいし、花はすぐに元気になるよ。カルロにそう言ってもらうためだった。

私はただ大きな溜息《ためいき》を吐《つ》いた。カルロがきらいな溜息（溜息は幸福を掃き出してしまう、と彼はよく言っていた）。薪置き場に入り込んでいたネッピアを見つけだし、食べ納めとばかりに畑に戻っていたネーヴェと一緒に、厩《うまや》の中に押し込めた。二頭の馬が不満そうに干草を掻《か》く。十ヶ月くらい前、厩の背後の雑木林を切り開いたら蔦《つた》と土砂に半ば覆われた家があらわれ、そこを驢馬用の小屋に改築するつもりだった。

「バカ驢馬！」

と私は怒鳴って、厩の戸を足で蹴って閉めた。

いつも午後一時には家を出るようにしているのに、驢馬のせいで一時間以上遅れてしまった。

私が遅れたって誰かが気にするわけじゃないけれど、今の私にとって、習慣を守る、というのはたぶん重要なことなのだ。

私の赤いフィアットは結婚のお祝いにパパが新車を買ってくれた。パパはたぶん、私が山を下りたくなったときにいつでも自力でそうできるように、というつもりだったのだと思う。幸いにもというべきか不幸にもというべきか――今の私には、どちらなのか本当にわからない――その機会はないままもう十四年が経《た》って、発進させるときたまに咳払《せきばら》いのような音がする。

トリノまで飛ばしても二時間かかる。高速道路に乗るまではずっと山道が続く。山は低くて、幾つもある。山の向こうに山。その向こうにも山。起伏はなだらかで、女性的な曲線を描いている。けれどもあまりにもどこまでも続いているから、少しこわい。行くつもりもなかったところへ連れていかれるようで。カルロが運転する車ではじめてこの道を通ったとき、そう感じた。でもあのときはこわくなかった。どこまでも遠くへ行きたいと思っていた。

立ち寄ったガソリンスタンドで給油してくれたのは、はじめて見る顔の青年だった。このスタンドのユニフォームである青いTシャツに、合わせて誂《あつら》えたような金色の髪をしていた。チャオ、と彼は言い、私が外の空気を吸うためにドアを開けると、いい匂いだね、と言った。私は戸惑い、それから笑った。ミネストローネよ。病人に持っていくの。

病院は大きくて真っ白で四角い。建物を囲む花壇には赤とピンクの薔薇《ばら》が咲き誇っている。非常用の外階段と救急用の搬入口の扉は薄緑色。とても美しくスマートな外観。この建物を見るたびに小さく笑ってしまう。ブラックジョークみたいに思えて。

音もなく開く自動ドアをくぐり、ロビーを斜めに横切り、廊下を曲がり、また廊下を曲がって、エレベーターに乗り八階まで上がり、廊下を曲がり、また曲がる。私は迷い込んだ小動物みたいな気持ちになる。それはいつものことだが、今日はいっそうひどい。医師や看護師、ほかの見舞客たちとすれ違うたび身をすくめる。廊下に誰もいなくなると、うしろを振り返らずにはいられない。泥の足跡がついていないかどうかたしかめでもするように。とうとうがまんできなくなり、洗面所に逃げ込む。

中に誰もいないのでほっとする。強いミントの匂い、それに微《かす》かな、排泄《はいせつ》された薬品の臭い。両側に手すりが付いた洗面台が横一列にずらりと並んでいる。同じ数の鏡。そこに映っているひとりの女を私は見る。

今日は化粧をする暇もなかった——普段の化粧にしたって、眉を描き口紅を塗る程度のことだけれど。車の中で鏡も見ずに腕と顔に塗った日焼け止めが、右のこめかみで伸ばしきれずに白く固まっている。苛立たしくそこをこする。髪は朝、適当にクリップでまとめたままで、汗ばんで前髪が額に張りついている。クリップを外して手で梳《す》く。黄みがかった茶色い私の髪。伸びっぱなしなのでぼさぼさでみすぼらしい。結婚してからはいつもカルロに切ってもらっていたのだ。結局、またクリップで留める。バッグから口紅を出して塗る。鏡をじっと眺め、指でこすり取る。化粧なんて。

私はずっと洗面所にこもっていたくなるけれど、そうもいかず、そこを出た。清潔な白い廊下をあと五メートルほど歩けば病室に着く。その距離を、一歩一歩縮める。これは何かの冗談だという気分がまた襲ってくる。カルロの笑い声が聞こえたような気がする。細いストライプ模様の麻のシャツと、ゆったりしたチノパンツできちんと身繕いして、ベッドに腰掛け、看護師を相手に笑っているカルロの姿を想像する。私の耳奥を心地よくふるわせる彼の笑い声。だがドアの前まで来ると、聞こえるのは彼の鼾《いびき》だ。それが現実だということを認めながら、カルロはわざとやっているのだ、という希望を捨て去ることができない。毎回。

私はドアを開け、ベッドの上に横たわったカルロを見る。もうずいぶん前から、寝ている、というより、置いてある、というふうに見えてしまう。白いカバーをつけた毛布と敷布の間に栞《しおり》のように挟まっている。毛布は胸の下までめくってあり、薄緑色の寝間着を着せられた薄い胸元があらわになって、そこが上下するのにあわせて鼾が聞こえる。ゴーッ、ゴーッ、という濁った弱々しい音。彼を生かしておくためのチューブが数本、彼の体と傍らの機械、それに採尿バッグとを繋《つな》いでいる。

でも、それらのことよりもっと痛々しいのは、カルロの顔だ。右半分がだらりと下がってひどく歪《ゆが》んでいる。まるでダリの絵みたいに。出血によって脳の一部が損なわれると、目が覚めなくなったり麻痺《まひ》が出たりするほかに、そういう現象も起きるのだと医師が説明した。そのほかにはもうないんですか、と私はくってかかったものだ。

最悪は更新されて更新されて、でもそれに慣れることも人間はできるのだと私は知った。私は壁際のイージーチェアから腰を上げ、折りたたみ椅子を開いて、カルロのすぐそばに座った。額にかかった髪を払い、そこにキスをする。儀式みたいだという思いを振り払う。バッグの中からミネストローネを入れたタッパーを取り出す。もちろんカルロは飲むことなどできない。ただ、愛着のある食べものの香りが意識を呼び覚ますこともある、と誰かが私に言ったからだ。誰だったか——医師？　友人？　それともネットで目にした情報？　もしかしたら誰でもなく、ただ私がそう望んでいるというだけのことなのかもしれない。蓋を開けたタッパーをカルロの顔に近づける。スープはまだほの温かい。食べる前にオリーブオイルをたっぷりとかけるのがカルロは好きだった。

「何してるの」

エルヴィラはまったく無雑作にドアを開けて入ってきて、たぶん自分はそうしていることを意識もせず仁王立ちになっていた。

「何もしてないわ」

私は力なく言い返した。

エルヴィラはつかつかとこちらへ近寄ってきた。カルロと同じ真っ黒な髪はベリーショートで、眉毛が濃く、睫毛《まつげ》が長い。すっきりと痩せた敏捷《びんしょう》そうな体を、シックな黒い花柄のワンピースに包み、踵《かかと》の高い赤いサンダルを履いている。エルヴィラは三十四歳、私と同じ年で、カルロの一人娘だ。

エルヴィラは私が持っているタッパーを見、何か言おうとしてやめた。するともうほかに言うべきことは何もなくなってしまったように見えたが、結局、

「どう?」

と私に聞いた。

「変わらないわ」

「それが最良の答えだと思うべきなのかしら」

「やめて」

エルヴィラは再び何か言おうとしてやめた。私は立ち上がると折りたたみ椅子を彼女のほうへ押しやって病室を出た。

早足でエレベーターのほうへ歩いていく途中、バッグに触れた手が濡《ぬ》れたのに気づいた。さっき慌ただしくバッグに戻したタッパーの蓋がよく閉まっていなかったのだ。スエードのショルダーの中はタッパーが倒れて中身が半分ほどこぼれ出ていて、ひど

い有様になっていた。

私は舌打ちして、行きがけに入ったのと同じ洗面所に入った。バッグを洗おうとしていやになり、財布と携帯電話だけ取り出してゴミ箱に捨てた。タッパーに残ったスープをトイレに流し、その勢いでタッパーもゴミ箱に放り込んだ。

私は腹を立てていた。エルヴィラに病室を追い出された格好になったことに憤慨しているつもりだったが、実際には、早々に出てこられてどこかほっとしているのかもしれなかった。

そのことに腹を立て、傷ついていた。


エルヴィラのことを、私はきらいではなかった。

エルヴィラは少なくとも、ほかの人が言うようなことをわざわざ言ったりしないからだ。私がカルロをたぶらかしたとか、あるいは私がカルロにたぶらかされているとか、カルロがこうなったのは私にも責任があるとか。カルロは私と出会って、エルヴィラの母親のクラウディアと別れたが、そのことで責められたこともない——もっとも、クラウディアがさっさと年下の恋人を見つけて、トリノの瀟洒《しょうしゃ》なアパートメントで一緒に暮らしはじめたことも影響しているのだろうけれど。

あなたのことをきらいなわけじゃないのよ。

エルヴィラからも、そう言われたことがある。ただ、私の父があなたと寝ているということがうまく受け入れられないの。エルヴィラはそう続けた。そのとき私は――エルヴィラを好きになりそうだと感じながらも――この娘を椅子に縛りつけて、どういう方法でか目を閉じられないようにして、私とカルロのセックスを見せつけてやりたい、と野蛮なことを考えたものだった。

その夢想をカルロにも打ち明けてしまった。ワインを飲みすぎたことを自分への言い訳にしていたが、ようするにカルロを試したのだ。アリダ。カルロはただ私の名前を呼んだ。アリダ、アリダ。教師だったとき、宿題を忘れてきた子がいると彼は叱るのではなく残念がる顔をしてその子をいっそういたたまれなくしたものだが、その顔で、私の名前を囁《ささや》きながら、私を抱き寄せ、キスをした。私がされるがままになっていることをたしかめて、ベッドに押し倒した。

十四年前。私は二十歳でカルロは五十歳だった。三十歳の年の差なんて関係ないわと、誰彼なしに言い、日記にも幾度となく書いていたあの頃の自分に、本当に関係ないわよと言ってやりたい。今は、まだね――と。あの頃だって、十年後にはカルロは目や脚が悪くなっているかもしれない、と考えてみることはあったのだ。でも十年後なんて、はるか彼方《かなた》のことだと思っていた。

携帯電話が鳴り出した。ディスプレイを確認し、通話ボタンを押す。無視したかったが、どのみち出ないわけにはいかないから。チャオ、ママ。できるだけ明るい声で私は言う。

「トリノなの？」

病院なの？　という代わりにママはいつもそう言う。いいえ、ママ、車よ。運転中なの。

「これからトリノ？」

「ううん。帰ってるところ」

「どうなの、カルロは？」

「変わりなしよ」

「なら、よかったわ」

エルヴィラが婉曲《えんきょく》に口にしたことを、はっきりとママは言う。カルロが今より良くなることがあるとはもう誰も思っていないのだ。

「今、どこ？」

「だから運転中だってば」

「まだ家には着いてないんでしょう？　こっちへいらっしゃいな。夕食を一緒にしましょう。泊まっていけばいいわ」

「ママ……」

行けない理由を私は幾つか並べた。疲れているとか（ある意味で本当）、もうそちらへ行くには私の家に近づきすぎているとか（これは嘘《うそ》）。いずれにしても私は実家へ行けないのではなく行きたくないのであり、そのことはママにもわかっているだろう。たぶん、どうして行きたくないのかも。行けばもうあの山の中の家へ帰らなくてもいいような気持ちに——両親の思惑通りに——なってしまいそうだからだ。

電話を切って百メートルも走らないうちにまた鳴り出した。私は思わず舌打ちし、そんな真似《まね》をした自分に動揺しながら携帯を取った。ママではなくビアンカだった。苦笑しながら電話に出る。

「運転中でしょう。大丈夫？」

ぶっきらぼうな野太い声でビアンカは聞く。いつもならまだ病院にいる時間なのに、どうしてわかるのだろうと思いながら、大丈夫、と私は答える。

「さっきエルヴィラが帰ってきて、病院であんたに会ったって」

「ああ……」

エルヴィラが嫁いだ家であり、ビアンカの職場でもあるチーズ農家は私の家よりも病院から近い。それに、エルヴィラも病室にあまり長居はしなかったのだろう。

「で？」

「あんた今日、踊りに行きたいんじゃないかと思ってさ」

私は絶句し、しばらくの間ビアンカの誘いについて考えた。それから笑いが込み上げてきた。

「その通りよ。行きたいわ」

くすくす笑いながら私は答えた。


アルバのピッツェリアのテラス席でビアンカは待っていた。

彼女はどんな店にいてもそこの主みたいに見える。エルヴィラの「義母」になってよかったことがあるとすれば、そのひとつは間違いなくビアンカと知り合ったことだと思う。

といっても私にとってビアンカはいまだ謎の女でもある。エルヴィラがジュリアーノと結婚したときにはすでにあの家で働いていたらしいが、その前の経歴については誰に聞いてもわからないと言う。年はたぶん四十歳くらい、見事な赤毛のカーリーへアがどこまで自前なのかもわからない。不機嫌でどこか悲しげな顔、どっしりと大きな体軀《たいく》、ビアンカを見ると私はいつも過食症のマリア像を思い浮かべる。

「気合い入れてきたね」

ビアンカは白ワインのグラスを傾けてニヤッと笑った。私は一度家に戻ってシャワーを浴びて、ワンピースに着替えてきていた。でもあなたには負けた、と。ビアンカは体にぴったり張りつくタンクドレスを着ていた。色は白。両腕に金のブレスレットをじゃらじゃら付けているが、何よりも目立つのは、左二の腕の蝶《ちょう》のタトゥーだ。

私たちは白ワインを一本空け、ルーコラと生ハムのピッツァで軽く腹ごしらえしてから「出陣」した。午後九時少し前、日はようやく暮れかけて、石畳も濃い色に沈みはじめる。もうずいぶん前、カルロと来たこともあるクラブはあいかわらず人でごった返していた。入口でチケットを切る中国人が私のことを覚えていて、君誰だっけ？とジョークを言った。

クラブの名前は「鉄」といって、それはその場所が昔鍛冶屋だったことに由来しているらしい。金色のペンキをぶちまけたようにペイントした鞴《ふいご》や鉄梃《かなてこ》をディスプレイした店内はトリノやミラノの店と比べるとお世辞にもクールとは言えないが、それでもこの辺りでは屈指のナイトスポットと言えるのだった。

ビアンカは猛然とダンスフロアに突進していった。彼女が腕を振りまわし、腰をグラインドさせるとたちまちその周りに空間ができる。そこにすっぽり収まって私も踊った。イギリスのロックがかかっている。ミュージシャンも曲名も知らないがヒットした曲だ。カルロが元気だった頃は朝食の準備をするときにいつもラジオを流していたから、ヒット曲なら覚えている。何年前の曲だろう？

そうじゃない、と私は考える。そんなことじゃなく――カルロと最後にここへ来たのはいつだったろう？　三年前？　五年前？　カルロはこういう場所も好きだった。私に合わせて無理をしていたのではなく、カルロのほうから私を誘った。大勢の人を眺めたり、気が向けば知らない人とお喋《しゃべ》りしたりするのが好きだったのだ。ダンスフロアではいつもぴったりくっついて踊った。互いの腰にしっかりと手を回して、互いの体温と重みを感じ合いながら、ゆらゆら揺れた。

ささやかなゲームをすることもあった。カルロはカウンターにいて、私だけがフロアで踊る。男が声をかけてきたら、私はしばらくの間付き合って、頃合いを見てカルロがやってきて、こう言う。娘を気に入ったようだね。男の反応のいろいろを、私たちは楽しんだ。男はさっさと離れていくこともあったし、そのあと私たちと飲むこともあった。どんな夜になっても楽しかった。私たちは、私とカルロが存在する世界のすべてを愛していたし、あるいは私たち以外のすべてのことから免れていたとも言える。

私はやみくもに跳ね、腰をくねらせ、拳を突き上げて奇声を発した。ビアンカが不安げに眉を顰《ひそ》めるほどに。誰かが肩を摑んだ。私はひどく驚いて危うく叫ぶところだった。振り向くと金髪の男が立っていた。

「チャオ」

男は屈託のない笑顔を見せ、私が突っ立っているだけなのがわかると、

「ミネストローネ」

と言った。青いTシャツを着てフィアットにガソリンを入れてくれた彼のことを私は思い出した。ダビデだ、と彼は自己紹介した。夜のダビデは黒いシャツを着ていた。ダビデも友だちのファビオと来ていたので、私たちは四人で飲んだ。彼らは二人とも若かった——間違いなくビアンカより若かったし、たぶん私よりも二つ三つ下だろう。二人がビアンカに畏敬の念を抱いているのがわかったので、私は彼らが気に入った。

「今までどこにいたんだい？」

とファビオが聞いた。

「君たちと今まで知り合わなかったなんて信じられないよ」

ビアンカが私をちらりと見てから、

「あんたたち、やっと目が見えるようになったのね」

と答えた。ファビオが真顔で頷《うなず》いたので、私は噴き出した。

「病院には誰がいるの」

ダビデが私に聞いた。

「父よ」

と私は答えて、ビアンカを窺《うかが》ったが、彼女は知らん顔をしていた。

「脳溢血《のういっけつ》で倒れて意識が戻らないの。もうずいぶん長いわ」

そうやって口に出してみると、まるで他人事《ひとごと》みたいな気がした。ダビデとファビオは神妙に頷き、「息抜きもたまにはいいよ」とビアンカが言った。ええ、その通りよ、と私は答えた。

「さあ、行くわよ！」

とビアンカが叫んだ。私たちは再びダンスフロアへ出ていった。ごく自然に、ビアンカがファビオと、私がダビデと踊るかたちになった。

私はさっきよりずっとおとなしく、ダビデと見つめ合いながら踊った。ダビデはハンサムな青年だった。灰色がかったブルーの目をしている。もうずっと長い間、こんなふうに誰かの目を覗《のぞ》き込むことはなかった。

私は見つめすぎたのかもしれない。ダビデが困ったようにふっと笑った。私は慌てててビアンカのほうへ目を逸《そ》らした。ビアンカはあいかわらず派手に踊っていて、ファビオが果敢に応戦している、という体《てい》だった。ファビオがビアンカのほうに体を傾け何か言い、ビアンカはそっくり返って笑い、今度はビアンカがファビオに顔を寄せたが、そのときには彼女の手はファビオの腰に巻きついていた。ファビオはくすくす笑い、少しだけ顔を離して二人は見つめ合い、それから素早くキスをした。

私が顔を戻すと、ダビデは私を見ていた。私たちは微笑《ほほえ》み合った。彼女いかすね、というかたちにダビデの唇が動いた。私は頷く。再びダビデが何か言った。え？　と私は聞き返す。ダビデは少しだけ私に近づいた。私もそうする。二人とも、ビアンカたちのように互いの体に触れ合ったりはせず、手を縛られた者同士のようにふらつきながらぎこちなく体を寄せた。ミネストローネ、とダビデが言うのが聞こえた。

「君のミネストローネ、うまそうだった」

私はダビデの頬にキスをした。どう答えればいいのかわからなかったから。それがきっかけになって、ダビデは私の手を取った。私たちは抱き合って踊りはじめた。かつてカルロと私がそうしたように。私はダビデの匂いを嗅いだ。男の匂い。コロンとか汗とかハッカ飴《あめ》とか、言い訳がましくいろいろ考えてみても、結局そう言うほかない匂い。

私たちがクラブを出たのは午前一時過ぎだった。ビアンカとファビオはべろんべろんに酔っ払っていて、お互いにつっかえ棒になってようやく倒れずにいるというような有様だった——もっとも私には、ビアンカがわざと酔ったのだということがわかったけれど。

「あたしたち、お先に失礼するわね、これから大事な用があるから」

その、わざとらしく大げさに酔った口調で、ビアンカは言った。

「あんたたちにはこれから一緒にしなきゃならない用事はないの？」

ブーッとファビオが噴き出し、私とダビデは顔を見合わせた。じゃあね、ダビデ、チャオ！　ビアンカはファビオにいっそう巻きつきながら手を振った。

「アリダ、幸せな夜をね！」

私とダビデは突っ立ったまま、遠ざかっていくビアンカのハイヒールの音を聞いていた。とうとうそうしなければならなくなって、私はダビデの顔を見た。私が口を開く前に、「車まで送っていくよ」とダビデが言った。
「おやすみ」
車に着く前に私は告げてしまった。

ルーバーから差し込む朝日が、寝室の床に模様を作る。私とカルロとで張った栗《くり》の木の床。チェストとベッドの間の木目に細く切り取られた光が落ちて、ピアノの鍵盤みたいに見える。私は毎朝同じ模様を見る――毎日同じ時間に目を覚ますということだ。昨夜ベッドに入ったのは午前三時を過ぎていたのに、私の体はそれでもちゃんといつもの時間に起動する。季節ごとの微妙な誤差まで調整しながら。カルロと暮らしたこの十四年間で、リズムが刻み込まれてしまった。

昨夜は夢も見ずに眠ったから、頭は逆にすっきりしているようだった。体を動かすのはいいことだ――耕したり石を積んだりするだけじゃなく、深夜のクラブ遊びでもいいわけだ、と考えて、私は少し笑う。

身支度をして畑へ行った。驢馬たちに荒らされた畑から、被害を免れた野菜を収穫する。じゅうぶんな量が穫れた。踏み荒らされた植物も枯れてはいない。すぐに太陽を目指して立ち上がるだろう。自然は明快なところがいい。カルロはよくそう言っていた。人間は明快にも単純にもなれない。私は胸の中でカルロに言う。驢馬やじゃがいもみたいに生きられればいいのに。

いったん家に戻ってミネストローネを仕込んでから、もう一度外に出た。驢馬たちが壊した柵を直さなければならない。昨日は見るのもいやで放り出していたその場所は、思ったよりもひどい状態ではなかった。でも、倒れた柵を元に戻すだけでは、驢馬たちはまた踏み越えるだろう。

もっと高さのある杭《くい》を使って柵を作り直さなければならない、という事実を認めて私は呆然《ぼうぜん》とする。その作業を自分がやるだろうということ、できるということにも。「僕がいなくなってもアリダがやっていけるように準備しておかないと」というのはカルロの口癖だった。そのために彼が骨を折った中には、「自分ができることを私もできるようになるように教える」ということも入っていた。でも彼がそうしたのは私への愛からだったのだろうか？　私をこの場所に縛りつけておこうとすることが愛だろうか？　私に彼を忘れさせまいとすることが？

病院へ向かう途中で、子供たちの自転車が私の車の前を横切った。

近くの高校《リチエオ》の子たちだろう。洗いざらしのデニムにカラフルなTシャツやタンクトップ、安物のアクセサリーといった格好がじゅうぶんに魅力的に見える女の子や男の子たち。面と向かって「子供たち」なんて言ったら怒るだろう。あの頃の私だって、もう立派に成長しているつもりだった。

トリノの高校時代に、私はカルロと出会ったのだった。私は三年と四年のときにカルロの授業を取った。教師と生徒が愛し合ってしまうなんて、映画や小説の中でだけ起こることだと信じていた。カルロを愛しはじめても、なおしばらくの間はそう信じていた。だから私は、しょっちゅう口実を作っては、教員室のカルロを訪ねた。エルヴィス・コステロやスティングの歌詞の意味について訊《たず》ねたり、カルロが教材に使っていたマードックの小説の解釈について、議論をふっかけたり。私たちの間には何事も起こるはずがない、と自分に信じ込ませるために。

この小娘を殴りとばしてやりたい、とあの頃カルロは思いつめていたそうだ。でなければ今に押し倒してしまうから、と。それで、カルロはそうした。殴ったのではなく、押し倒した。雨の日曜日、誰もいない教員室の、カルロの机の下で。まったく映画――それも三流の――さながらだったし、そこは狭くて動くたびに上から何かが落ちてくるしで、カルロと私は幾度だって思い返して笑ったものだが、そのときは二人とも微笑さえしなかった。ほしくてほしくてほしくてたまらなかったものをとうとう手に入れようとしている喜びと恐怖とで、口も利けなかった。一瞬の照れ笑いをする余裕もなく、ひと言の言い訳すら思いつかずに、私たちは抱き合った。

そのとき私は十九歳、リチェオの最高学年の夏だった。九月の卒業までの数ヶ月間、私たちはスパイみたいにばかばかしいほど細心の注意を払って、連絡を取り合い、会う機会を作った。求めている百分の一も会えないような気がしていて、だから卒業して公然と恋人同士になれるのを――カルロは同じ年に退職することを決めてもいたから――心待ちにしていたのに、結局、それからのほうがいっそう大変だった。

首席で卒業した私が、カルロと結婚して山の家で暮らすために大学には進学しない、という決心をあきらかにすると、家族も親戚も友人たちも猛反対した。もちろん当時は、エルヴィラをはじめとするカルロの身内の人たちとの闘いもあった。実際のところあの頃は、私とカルロ以外の世界中の人たちが、私とカルロが愛し合うことに異を唱えているように思えた。

いったいどうしちゃったの？　と誰もが私に聞いた。いったい何があったの？　と。もっと無遠慮に――あるいは正確に――、いったい何をされたの？　と聞く人もいた。

私は答えがわからなかったし、答えるつもりもなかったけれど、彼らがそう聞くのは間違っていない、と考えていた。これは私が起こした出来事ではなく、私の身に起こった出来事なのだ。だから私には、どうすることもできない、と。

「チャオ」

私は携帯電話を取った。

「今、ひとり？ そうよね？」

ビアンカが言う。

「ひとりよ。運転中。昨日はどうだった？」

「最高だったわ。気に入った。ああ見えてなかなかのものよ、ファビオは」

それはよかったわ、と私は応じた。

「あたし、彼に媚《こ》びて、子供がいることまで話しちゃったわ」

「子供？ あなたの？」

私は驚いて声を上げた。

「いるのよ。男の子で、今二十二歳かな。ヴェネチアの土産物屋でペニスのかたちのパスタを売ってるって。この前、久しぶりに手紙が来たわ」

私が二の句が継げずにいると、

「魔法がとけないうちにしぼりとっておかなくちゃね」

とビアンカは続けた。

「しぼりとる?」

「ばかね、ファビオのことよ。だから今夜も会うの。あんたを踊りには誘えないわよ、悪いけど」

「ビアンカ、あなた今日、いろんなことを言うのね」

そう? とビアンカはとぼけた声を出した。

「あんたもダビデを誘いなさいよ。なんだったらまたダブルデートでもいいわよ」

「私はいいわ」

「アリダ」

「ファビオと楽しくやってきて」

「臆病者。あんたのこと、もっと勇敢な女だと思ってたのに」

捨《す》て台詞《ぜりふ》とともに電話は切れてしまった。私は仕方なくクスクス笑ってみた。臆病者の笑い。そうなのだろうか? このことをカルロに話したい、と痛切に思った。そして私が臆病者なのかどうか答えてほしい。

私はガソリンスタンドに乗り入れた。車から降りて、青いTシャツのダビデが、ほかの客に給油している背中を眺めた。ダビデが気づいて、日が差したように笑顔になるので、私はひどく切なくなる。

「チャオ。また会えて嬉《うれ》しいよ」

「私も」

私たちはひと言ずつ発してから、黙り込んだ。山間部の強い日差しにじりじりと後頭部を照らされながら。私はステーションの名前を描いたタイルの地面に映る二人の影を見ていた。くっきりとそこにある二つの影。先に口を利いたのはまたダビデだった。

「ビアンカから聞いたよ。あ、つまり、ファビオから聞いたんだけど。君には恋人がいるんだろう、遠くに？」

「遠くに……」

私はぼんやりただ繰り返しただけだったのに、ダビデは肯定の返事だと受け取ったようだった。

「事情があって会えないんだろう？　もうずっと」

「ええ」

私は頷いた。ごめんなさい、と言った。

「いいんだ、謝ることないよ。ただ、僕も少しは役に立てるかもしれないって言いたかっただけなんだ。君が淋《さび》しすぎるときには。それにお父さんのことでも……」

「ありがとう、ダビデ」

私は車に戻って、ミネストローネを入れたタッパーを持ってきた。タッパーが入る大きなバッグは捨ててしまったから、紙袋に入れてある。

「今日ここへ寄ったのは、これをあなたに渡そうと思って」

「え、でも……」

「いいの、これはあなたの分なの」

ミネストローネはそれきりしかなかったけれど、私はそう言った。


人はいつでも、最初のことばかり覚えている。

最初の出会い、最初のデート、最初のキス。最初に愛し合ったときのこと。そして最後のことはいつも曖昧になる。それが最後だと、そのときは意識していないことが多いし、最後だと思いたくない、ということもあるだろう。ああ、あのときが最後だったのねと、私たちはいつでも遠くの景色を眺めるように思い返すだけなのだ。

でも、私にははっきり覚えている最後がある。カルロと最後に寝たときのこと。なぜならそれから数時間後にカルロが倒れたからだ。

半年前。寒い夜だった。夕食のとき、薪ストーブの上で温めたミネストローネを飲んだ——病室のカルロにミネストローネを運び続けるそれが理由のひとつでもある。じゃがいもと豆と蕪《かぶ》と、夏に仕込んでおくトマトソースで作った冬のミネストローネは、夏のそれよりもずっと濃くて、喉を焼きながらゆっくり体の中に落ちていった。夕食のあと、カルロが好きなグレン・グールドを低く流しながら、長椅子に並んで座り、それぞれ本をめくった。カルロはカズオ・イシグロの画家の物語を、私は日本の民家の庭を集めた美しい写真集を。私たちはブランディーで漬け込んだ強いリンゴ酒をちびちびやっていた。ソファーの背にあったカルロの腕が降りてきて私の肩に触れたので、見上げると、彼は知らん顔で本に目を落としていた。私は彼の胸に頭をくっつけるように寄りかかった。そのまま写真集のページをめくっていると、カルロの手は私の胸へと移動した。カルロはあいかわらず素知らぬ顔で本を読むふりをしていたから、私もそうした。田園の中に浮かんでいるような黒い瓦の美しい日本の家、シャツのボタンの隙間から忍び込んでくるカルロの指、グールドのモーツァルト、薪がはぜる音、とうとうがまんできずにいつ自分が吐息を洩《も》らしたか、私は全部ちゃんと覚えている。

私たちは二階の寝室へ行くことにした。薪の始末をしてから上がるからメイン・コースの用意をしておいてくれ、とカルロは片目をつぶってみせた。カルロがいつまで経ってもあらわれないので階下に降りてみたとき、私はカルロがまた何か新しいゲームを思いついたのだろうと考えていたのだった。カルロったら。今度は何？　私はそう言いながらドアを開け、ストーブの前で壊れた人形のように仰向《あおむ》けに倒れている彼を見たのだ。

小さなショルダーバッグひとつ下げて病院の廊下を歩くと、風もないのにどこかに飛ばされていきそうな気がした。

カルロのそばに座り、カルロを見る。私の夫。彼と結婚できなければ死んでしまう、と喚《わめ》き散らすようにして結婚したのに、ひとたび夫となってしまえば、彼を「夫」と認識したことはなかったような気がする。私にとってカルロはいつでもカルロだった。

今日はいつもより鼾の音量が低い気がする。普通の寝息に近い。それがいい傾向なのかそうではないのか、医師にたしかめてみようという勇気がない。顔は良くも悪くもなっていない——あいかわらずひどく歪んでいる。ふざけているみたいだ。私の言動に「呆《あき》れた」という意を示すとき、にもかかわらず私に屈服を示すとき、おかしな顔をしてみせたカルロ。

　エルヴィラとは今日は会わないだろう。彼女はたいがい午前中か夜か、あるいはその両方に見舞いに来て、昼間には来ない。この前鉢合わせしたのはたまたま彼女に都合があったのだろう。私はそう考えたが、それはエルヴィラと会いたくないからではなくて、彼女に来てほしいからかもしれなかった。ミネストローネを持ってこなかったから、私はカルロの傍らでどうしていいかわからない。

　大きな音がして顔を上げると、ガラス窓の外に鳩《はと》がいた。鳩は無関心な瞳でじっと私たちを見た。私は毛布の下に隠れているカルロの手を取り出して、私の膝の上に載せた。大きくて骨太で逞《たくま》しかった彼の手、今は犬が食べ終わったあとの牛の骨みたいに見える手を、膝から腿《もも》の上へと、ゆっくりと滑らせた。私は体をふたつに折って、カルロの指が私の体の奥までじゅうぶんに届くようにした。彼と愛し合うときにはいつもそうしていたように。それから、もう片方の手を毛布の下に差し入れて、彼の性器に触れた。初めは寝間着の上から、そして下穿《したば》きの中にくぐり入れ、直接触った。そこに触れるのは六ヶ月ぶりだった。陰毛は干し草のように乾いてさらさらしていた。私はそこの匂いをたしかめたくてたまらなくなり、ほとんど躊躇《ちゅうちょ》せずにそうした。飢えた動物のように、毛布の中に頭を突っ込んで。陰毛の下も鼻と唇でたしかめた。尿道に挿入されたチューブを黙殺して。

携帯電話が鳴り出したのは、病院の駐車場から車を発進させて間もなくだった。

「今日、うちで食事しない？」

エルヴィラだった。今日？　これから？　私は当惑をあらわにしながら、相手の意図を探った。もちろんこれまで、カルロがいるときも彼が倒れてからも、エルヴィラの家に招かれることはあったけれど、今日の彼女の口調は誘いというより命令みたいだった。

「父のことも話したいし」

切り札みたいにエルヴィラは言い、いいわ、と私は結局応じた。ハンドルを左に切る。私と、トリノ育ちのエルヴィラとが同じ高校に通わなかったのは、父親が教える高校を彼女が避けたためだった。エルヴィラはカルロと同じように英文学を研究するべく大学に進学し、醸造学専攻のジュリアーノと恋仲になった。家業のチーズ農家を継いだジュリアーノと結婚して彼女もまた田舎暮らしをはじめることになったとき、ほらごらん、と私は、結婚への祝福とはべつの快哉《かいさい》を心の中で叫んだものだった。私と同じことが、あなたにも起こるということがわかったでしょう？　と。

「よく来てくれたね」

広々した美しい庭がある邸宅で、ドアを開けてくれたのはジュリアーノだった。いらっしゃい、と言いながらエルヴィラが数種類のチーズを載せた木の皿を運んできた。私はちらりと不審に思った――食卓の準備がほとんど調っていないように感じたのだ。案の定エルヴィラはそのあとすぐキッチンに消えて、しばらくの間戻ってこなかった。何か手伝いましょうか。声をかけると、すぐできるわ、という返事があった。彼らの娘の、八歳になるシルヴァーナが、冷たい茹《ゆ》で肉の塊《かたまり》とカッティングボードを持ってきたので、私がスライスした。私が訪れてから小一時間経った頃、ようやくエルヴィラが、揚げたパンとリゾットとともにテーブルに着いた。

それからの数時間は、ひどく奇妙なものだった。エルヴィラが何か言いたいことを抱えているのは、私のみならずジュリアーノにも、シルヴァーナにさえわかるほどだったのに、エルヴィラは頑としてそれ以外のこと――天気のこと、山羊《やぎ》たちのこと、チーズの出来具合、それにビアンカと私の友情のこと（「嫉妬しちゃうわ」とコメントした）――しか喋らなかった。彼女が本当に話したいのは、電話で言っていたように「父のこと」だと思えたが、むしろその話題から遠ざかるように、あるいはその話題のまわりを人工衛星のようにぐるぐる回るように、エルヴィラは会話を制御していた。

私が考えていたのはこの日の昼間、病室でのことだった。私がカルロの体をいじりまわしていたとき、ドアが開く音が聞こえたのは気のせいではなかったのではないか、ということ。エルヴィラは今日も昼間来たのではないかということ。私よりもほんの少しだけ先に病院を出て、車の中から電話をかけて私を誘い、だからディナーの準備をする時間もほとんどなかったのではないか。

「泊まっていけばいいわよ」

食事が終わると、やはり勧めるのではなく命じるように、エルヴィラはそう言った。

案内された客用寝室は額だらけの部屋だった。

壁という壁に絵が飾ってある。油絵や水彩画、クロッキー。そういえばジュリアーノのお父さんは絵を描くのが趣味だ、という話を聞いたことがあったような気がする。描かれているのはこの辺りの風景や山羊たち、様々な年齢ごとの家族たち、チーズ工場内のスケッチもある。白い帽子と白衣を着けて容器の中の乳清《にゅうせい》を掬《すく》い取っている女は今より少し若いビアンカのようにも見える。

食事中、気まずさをやり過ごすためにさんざんワインを飲んだのに、眠れそうもなかった。自分の家でさえ眠れない日が続いているのだから、カルロの娘の家のベッドで眠れるわけなどないのだ。ぱりっと糊《のり》が利いて仄《ほの》かにラベンダーの香りがするシーツの上で、私はむなしく幾度も寝返りを打った。亡くなった老人が描きためた絵がそのたびに私を見つめ返した。出会って愛し合ってきた人たち。彼らが残した子供たち。彼らが見てきた風景。

はじめ、それは風だと思った。次に鳥の声のようなものが聞こえた。次に部屋が揺れたとき、この部屋のすぐ隣が、エルヴィラとジュリアーノの寝室であることに気づいた。

私はシーツと掛け布団の間で体を硬く丸めて、けれどもそんな姿勢とは裏腹に全身を耳にして、エルヴィラが夜に放つ声を聞いた。ジュリアーノがよりいっそう激しく動くように挑発する声。そして間違いなく、私に聞かせようとしている声。

週末の夕方、ダビデはバイクで私を迎えに来た。

私が電話で誘ったのだ。この間のように四人でクラブへ行こうということになっていた。だが結局行かなかった。会うなり私はダビデに飛びついて、私たちはそのまま抱き合って、私の家のベッドでその夜を過ごしたから。

たっぷりと汗をかき、精根尽き果てて眠り、それでも私はちゃんといつもの時間に目を覚ました。小さな子供のような顔で眠りこけているダビデ――彼が若いから、ということではなく、カルロにしても、たっぷりセックスしたあとの男はみんなそういう顔で眠る――の腕の中からそっと抜け出し、畑へ行き、野菜を収穫した。キッチンでミネストローネを作っているところに、ダビデは起きてきた。

「おはよう」

私は彼に微笑みかけた。にんにくと玉葱とズッキーニとセロリとグリーンピースを炒《いた》める。オリーブオイルと、熱を加えられた野菜の甘い匂いが部屋の中に満ちていく。

「どうしたの？　こっちに掛けたら？」

ダビデが戸口に突っ立ったままなので、私はそう言った。

「早く出ていってほしいと思ってるんだろ？」

ダビデは微笑んでいたけれど、悲しそうな声でそう言った。

「もう二度と会わないって決めてるんだろ？」

「いいえ」

私は心から言った。

「また会いたいわ。そして昨日みたいに……。いつでもここに来ていいのよ。ほんとよ」

ダビデは苦笑した。私の言葉がまるきり信じられない、というふうに。ほんとよ、と私は繰り返した。

「私、こう見えても勇敢なのよ」

朝食をとらずに帰るというダビデを、私は表まで送っていった。ダビデはバイクに跨《またが》る前に、私の両頰にキスをしてくれた。走り去るバイクの音を聞きながら、ダビデはもう来ないだろう、と考えた。でも、もしも来てくれたら、私はまた彼と抱き合うだろう。

私は柵作りの続きに取りかかることにした。驢馬たちをいつまでも厩に押し込めておくのは可哀想《かわいそう》だから。松の木の杭を地面に突き刺す。この数日、ずっと作業してきたから、新しい柵はもう五メートルほどできている。でも、まだまだだ。私は杭を打ち込む。杭は理由に似ている。いくつもの杭。でも、杭は杭でしかない。

今日も暑くなりそうな空を私は仰ぐ。振り返り、私が打ち込んだぶんだけちゃんとそこにある杭を見る。

ブレノワール

森絵都

森　絵都
もり・えと

1968年東京生まれ。1990年『リズム』で第31回講談社児童文学新人賞受賞。98年『つきのふね』で第36回野間児童文芸賞、99年『カラフル』で第46回産経児童出版文化賞、2003年『DIVE!!』で第52回小学館児童出版文化賞を受賞。06年『風に舞いあがるビニールシート』で第135回直木賞受賞。著書多数。

母の危篤を知らされたのは、僕がパリの二つ星レストランでメレンゲを泡立てていたときだった。

電動泡立て器の手もとが狂い、ボールを派手に投げだした。メレンゲが飛び散った厨房《ちゅうぼう》の床には白い波頭がいくつも浮き立った。僕はそれがしぼむよりも早くマネージャーに暇乞《いとまご》いをした。

まさかこんな形で再会することになろうとは。意地と繁忙が招いた六年間の空白を悔やみつつ、シャルル・ド・ゴール空港でブレスト行きの航空券を手配し、その日のうちに花の都から地の果てへと帰郷した。比喩ではなく、ブルターニュにある僕の故郷は実際にフィニステール（地の果て）と名付けられているのだ。

大西洋に突きだしたフランス西端の半島。不安定な空と湿気と強風。痩せた土地には小麦も葡萄《ぶどう》も育たず、人々は黒麦粉のガレットを食べてシードルを飲む。およそ世間一般がブルターニュに抱いているイメージはこんなところだろうか。フランスに統合されて久しい今もなお、ケルトの血を継ぐ僕らブルトン人は一種独特の民族として位置づけられている。

「よく帰ったな、ジャン。しかし、告げねばならないことがある。神様はアネットをお召しになる準備を整えられた。多くの徴《しるし》がもたらされたのだよ」

およそ千五百年前に英国から移住し、厳しい自然の中で生き長らえてきたブルトン人は信心深い。とりわけ僕の親戚にあたるバロウ一家の神フェチぶりには強烈なものがある。久々の里帰りを果たした僕を待っていたのは、母の死を確信した彼らの深い嘆き、あるいはすっとんきょうな世迷《よま》い言《ごと》だった。

「もうあきらめるしかないわ、ジャン。だって、カササギが家の屋根に止まったんだもの」

「昨日、アネットの部屋のそばで雄鳥《おんどり》が鳴いたんだ。神の御心《みこころ》には逆らえない」

「今朝も犬の遠吠えを聞いたの」

「今だから言うけど、アネットはこの春、森でイイズナを見てるんだ。あれを見たからにはもう長くない。そう僕にだけ打ちあけてくれたよ」

彼らにしてみれば、これらはすべて母の死を示唆する残念な徴ということになる。文明よりも因習を尊ぶこの村には出所のわからない迷信がはびこり、井戸端会議のたびにその数は増えていく。

「で、医者はなんて言ってるの？」

僕は一家の主であるローラン伯父さんに母の病状を尋ねた。

「覚悟が必要だ、と。今回の発作は今までのよりずっと大きかったんだ」

「今までも発作が？　なんで教えてくれなかったんだよ」

「徴がもたらされないうちに？」

僕はそれ以上の議論をあきらめて病床の母を見舞った。

母は土色に乾いて縮んでいた。まるで脱穀を終えた麦藁《むぎわら》のようだった。カササギや雄鳥に教わるまでもなく、彼女の命が燃えつきようとしているのは一目瞭然だった。

「ああ、ジャンか」

けれど母は僕の顔を見るなり気丈にも毒づいたんだ。

「親不孝者がやっと帰ってきた。六年間もどこで何をしてたんだか」

二度と帰ってくるなと命じたのは母さんのほうだ。そう返したいのをこらえて僕は言った。

「修行だよ。今はパリの二つ星レストランにいる」

「二つ星？」

「レストランの評価だよ。それだけ洗練された料理を出す店ってこと」

母は皺《しわ》だらけの首を力なく揺すった。

「人間は生きるために食べるんだ。都会の人間はそれを忘れている」

「でも、たまには楽しむための食事だって……」

「で、おまえはどんな料理を作るんだい」

あいかわらず母は言うばかりで聞く耳を持たない。

「今はパルフェを担当してる」

「大の男がデザートか」

「最後の記憶として舌に残るデザートは重要だよ。今じゃオリジナルメニューも任されてて、ときどきクレープも作るんだ」

「クレープ？」

母の瞳が用心深げな光をちらつかせた。

「それはもちろん、しょっぱいクレープのことだろうね」

「いや、甘いクレープだよ。しょっぱいクレープはデザートに合わない」

ブルターニュ発祥のクレープには二つの種類がある。黒麦粉から作る茶褐色のガレットと、小麦粉から作る乳白色のクレープ。母は前者を「しょっぱいクレープ」と呼んでブルターニュの王道と見なし、後者を「甘いクレープ」と邪道扱いしていた。

「甘いクレープなんて紛《まが》いものだよ。ブルトン人があんなものを客に出すなんて、情けない」

「母さん、まだそんなこと言ってるの？　確かに昔はガレットが主流だったかもしれないけど、今は時代が違うよ。パリじゃ口当たりのいい甘いクレープが大人気なんだ」

「誰がパリの話なんかした？　まったく、おまえはあいかわらずだね。これっぽっちも変わってない。六年前から少しも成長してないよ」

結局、いつもの言い合いとなった。

「母さんこそ。あいかわらず人の話を聞かないし、僕のすることなすこと否定する。結局、僕が何をしたって認めちゃくれないんだよね」

「ま、生きてるあいだは無理そうだね」

母は真顔でうなずいた。

「こうなったら死後にでも期待するしかない」

「死後?」

「死んだ人間は一度だけ形を変えてこの世に戻ることができるんだ。私がおまえを認めるとき、仮にそんなときが訪れるとしたら、私は花に姿を変えておまえにそれを知らせよう」

「花……」

「五枚の白い花びらだよ」

最後は茶目っ気をこめて笑った。彼女が若くてエネルギッシュだった頃を思わせる笑顔だった。なんだ、まだくたばりそうにないじゃないか。母の頑迷さに苛立《いらだ》ちながらも一方で僕は安堵《あんど》した。

その翌朝の曙《あけぼの》の頃、母は五十四歳の命を締めくくった。


意外にも、母の死はバロウ一家に異様なハイテンションをもたらした。母が事切れたその日が土曜日だったせいだ。神に愛された人間は土曜日に召される。そんな迷信を尊ぶ彼らにとって土曜日の死は神の恩恵そのものであり、母は天国での厚遇を約束されたも同然なのだった。

霊前でひとり悲嘆に暮れる僕は完全に浮いていた。葬儀につきまとう決め事の数々もをぐったりさせた。家に遺体があるうちは掃き掃除をしてはいけない。埋葬のあいだは家を留守にしてはいけない。墓地へ向かう途中で止まってはいけない。ここでは何をするにも禁忌《きんき》がある。

ようやく一連の儀式が終わり、パリへ戻る日は心からほっとした。

「いつでも帰ってこいよ、ジャン。アネットがいようといまいと、ここは君の家だ」

「あなたがブルトン人として誇り高く生きることを願ってるわ。ルネの息子だもの、大丈夫よ」

「ブルターニュの血があなたをお守りくださいますように」

伯父のローラン、伯母のイザベル、いとこのミシェル、レイモン、アンヌ、ナタリー。僕の幸運を祈る彼らの言葉に嘘《うそ》がないのはわかっていた。我慢強く、慈悲深く、貧しくともブルトン人として折り目正しく生きることこそ最大の誇りとする篤実《とくじつ》な人々——その頑強な信念こそが、しかし、僕を追いつめた呪縛であったことを誰が知るだろう?

そもそもブルトン人らしさとは何なのか?

少なからぬ反抗心をこめて問うたびに、母は決まって父の話を持ちだしたものだった。

「ルネは強情な男で、一度言いだしたらてこでも動かない頑固者だった。そして、言いだしたことは必ず最後まで全うした。静かに淡々とやりぬいたもんだ。困難は彼を奮いたたせても挫《くじ》けさせはしなかった。多くの村人がルネをブルトン人の鑑《かがみ》としたもんだよ」

のろけ混じりの回顧を鵜呑《うの》みにはできないにしても、祖父から継いだ黒麦畑を三倍にまで拡張させたのは確かに父の粘り強さの功績だったろう。

しかし、運には恵まれなかった。僕の物心がつくよりも早く、父は落雷の犠牲となって世を去った。その後、母は黒麦畑を人に売り、父の兄に当たるローラン伯父さんを頼ってバロウ家へ身を寄せた。彼らの営む林檎《りんご》農園を手伝い、空いた時間にはシードル作りに精を出し、日々忙しく立ち働きながら一人息子の僕を育てた。バロウ家の人々は僕たち母子を家族同然に扱ってくれたから、僕は父がいない寂しさを味わったことはない。

けれどもずっと窮屈だった。重苦しくて不気味で息がつまりそうだった。祖先の霊をうやまうバロウ家の毎日は厳格なルールに則《のっと》って営まれ、そこでは得てして生者よりも死者のほうが優遇されたからだ。

燠火《おきび》には常に灰をかぶせ、火を絶やさずにおくこと（死者が家に戻ったときに暖をとれるように）。夜は口笛を吹かないこと（さまよう死者たちを刺激しないように）。午後十時から午前二時のあいだは外出してはならない（それは世界が死者たちのものとなる時間だから）。数えきれない禁忌に触れて何度罰を受けたかわからない。

一番のトラウマは七歳の時、水の事故で亡くなった少年の葬式へ連れていかれたことだ。友達でもないのにと疑問に思いつつ、僕は母とローラン伯父さんに手を引かれて長い道を歩いた。そして到着するなり母から命じられた。「遺体にキスをしておいで」。死んだ子供にキスをすると長い命が約束される。そんな言い伝えをどこかで聞きかじってきたのだという。「いやだ」。泣いて暴れる僕を母と伯父が羽交《はが》いじめにして遺体の前まで引きずった。土のこびりついた伯父の手で首の後ろを摑《つか》まれ、生きている唇を棺桶《かんおけ》の中の死んだ唇に押しつけられた。見知らぬ少年の青白い唇。冷たく乾いた石のような感触。微《かす》かに酸っぱい匂い。そのときに誓った。いつかこの村を出ていく、と。

非科学的なものへの反発は年を経るほどに強まった。母もバロウ家の人々も、僕に言わせれば見えないものの影に囚《とら》われすぎている。彼らは絶えず死を見つめ、生きることに集中していない。なぜ死者よりも生きている人間の伸びやかな躍動を大事にできないのか？

「ブルトン人として」「ルネの息子として」などと何かにつけて言われるのも癇《かん》に障《さわ》った。ブルトン人である前に僕は僕であり、ルネの息子である以前にひとつの個性なのだ、と。

この呪縛から逃れたい。義務教育の終了後、僕は積年の鬱屈をバネにして親元を離れ、故郷から百キロほど離れたカンペールの町で職を得た。

最初の職場は知人に紹介された寮付きのレストランだった。皿洗い。この響きに眉をひそめながらも母が反対しなかったのは、決して裕福とはいえなかったバロウ家への遠慮のせいかもしれない。

皿洗いは単調の一語に尽きたが、それを補うように街の暮らしは目新しい彩りに満ちていた。村が死者の霊に支配されていたのに対して、街は生者のものだった。圧倒的に生き生きしているし、人間、建物、車、とにかくすべてがたっぷりとある。滞《とどこお》ればよどむ空気をその絶対数が混和し、人と人とのしがらみを薄めている。

食べものの種類が豊富なことにも感心した。職場の厨房でシェフの料理を目にするにつけ、僕は自分がいかにそれまで同じものばかりを食べつづけてきたのかを思い知らされた。茹《ゆ》でたジャガイモ。塩漬けの鱈《たら》。豚の腸詰め。ガレット。まるで鉄の検門でも存在するかのように、バロウ家の食卓に載るのはごく限られた皿ばかりだ。

使命感に駆られた僕は最初のうち、休日ごとにバロウ家へ戻り、見よう見まねで新しい料理をふるまった。が、食事を娯楽とすることに抵抗をおぼえる彼らは警戒心を露《あら》わにし、ほんの形ばかりしか手をつけようとしない。彼らの満たされない胃袋のため、しまいにはイザベル伯母さんがガレットを焼きはじめるのが毎度のオチだった。

ぽそぽそとして味気なく、微妙な酸味があるしょっぱいクレープ。なのに皆はたちまち食欲を回復し、いとこのレイモンなどは十枚だって食べる。

「これぞ生粋《きっすい》のブルターニュの味だよ。甘いクレープなんか滋味もなければ栄養もない。ブルトン人ならしょっぱいクレープを食べるべきだ」

ことクレープの話になると、母はやたらとむきになった。

「でも、卵や砂糖が入ってるほうが柔らかいし、喉ごしもいいし」

僕が反論しようものなら、情けない、と涙目で怒りだす。

「この子は故郷の味を忘れちまった。ちゃらけた仕事に魂を汚されちまったんだ」

「皿洗いは立派な肉体労働だよ。ま、そりゃ早いとこシェフ見習いくらいにはなりたいけど」

「シェフ見習い？　料理は女の仕事じゃないか」

「時代錯誤だ。母さんはなんにもわかってない。こんな田舎でガレットばっかり食べてるからだよ」

「どういう意味だい」

「胃袋の中身が変わらないから頭の中身も変わらないんだ」

「なんだって？」

顔を合わせればぶつかるようになり、僕の足は自然とバロウ家から遠のいた。彼らが僕の料理を遠ざけたように、僕もまたバロウ家の食卓に背を向けた。黒麦粉のガレット。当時の僕にとってそれは華やぎに欠けたしょっぱい人生の象徴だったのだ。

母と僕。年々溝を深めていった僕たちに決定的な義絶をもたらしたのも、やはりクレープだった。

あの一件はあきらかに僕の旗色が悪い。若気の至りと言うほかない。僕はまだ二十一歳で、当時はブルターニュ最大の街レンヌのレストランで前菜係を務め、そして恋をしていた。

初めての恋とは言わない。街にはいつだって遊戯的な恋愛が溢《あふ》れていたし、遅れて手に入れた自由を謳歌《おうか》していた僕にもデートの相手くらいはいた。が、この体も心も不自由になるほど一人の女に入れこんだのはセシルが初めてだった。

新米ウエイトレスとして職場に現れたセシルは、かつて僕の前に現れたことがない種類の女だった。豊かな金髪に肉感的なボディ、しかもパリから来たという。

「なんでパリからブルターニュへ？」

「都会に飽きたの。それだけよ」

第一声を交わしてからの展開は早かった。バイト開始から間もなく、セシルは店中の皿という皿、グラスというグラスを粉々にするという驚異の破壊力を発揮し、五日目にしてオーナーからクビを言い渡された。彼女が店を去る日は従業員の男全員がしょげかえった。僕らにしてみれば皿を失うより彼女の完璧なヒップラインを失う痛手のほうが大きかったのだ。

若かった僕はあきらめきれずにそのヒップを追いかけ、セシルをデートに誘った。思いがけずＯＫの返事をもらい、初デートが成立。当日は友達に借りた車でユエルグアットの森へ行き、苔《こけ》むした岩の上で意味のない会話をしながらセシルの尻に触れ、夜は街中のナイトクラブで一杯やった。

「都会のデートに飽きてたのよ」

ほろ酔い加減でセシルは僕にしなだれた。

「こういう田舎っぽいデートに憧れてたの」

と言いながらも最後は都会風に彼女のほうからベッドへ導いてくれ、以降、僕たちはステディな間柄になった。

セシルが単に僕の田舎風味を珍重していただけなのはわかっていた。それでもよかった。感度抜群のエッチな体。それだけで僕は彼女に感謝の念を惜しまなかった。ベッド以外でともにする時間の退屈さにも目をつぶれたし、セシルが望めば牧場にも苺摘《いちごつ》みにもつきあった。

「あたし、ジャンの実家へ行ってみたい」

セシルをバロウ家へ連れていくことになったのも、もとは彼女の気まぐれからだった。

「本物の、筋金入りの田舎が見てみたいの」

「本物なんて面白くないよ。保守的な人たちが型どおりの暮らしをしてるだけで」

その保守的な彼らがセシルを見たらどう思うか？

恐れ戦《おのの》いた僕はどうにか思いとどまらせようとしたものの、セシルは意固地になって「絶対に行きたい」と言い張った。しまいには別れるの別れないのと面倒な事態に発展し、結局、別れたくない僕が引きさがった。

里帰りは一年ぶりだった。しかも今回は金髪のパリジェンヌ連れだ。セシルの姿を見た皆の驚愕《きょうがく》、混乱、痛嘆——想像するだに気がふさいだ。どうか誰も卒倒しませんように。

ところが、僕の杞憂に反して故郷の面々は信じがたいほどの寛容さを示したのだった。

「初めまして。遠いところをよくぞいらっしゃいました」

「ジャンがお世話になっております」

「ぜひ昼食を一緒に食べていってちょうだい」

これには心底驚いた。女の身だしなみに厳格なローラン伯父さんが、パンツの見えそうなミニスカートのセシルに穏やかな笑みを向けている。「厚化粧の女は悪魔の化身」が持論の母とイザベル伯母さんも、紫色に塗りたくられたセシルのまぶたから巧みに視線を逸《そ》らしている。昼食には跡取り息子のミシェルも同席したのだが、いとこの中で最も気短な彼でさえ、自家製の腸詰めサンドウィッチを「まずっ」と吐きだしたセシルへの憤りを露わにはしなかった。

皆の唇に行儀よく張りついた形状記憶的微笑。次第に僕は読めてきた。セシルに対する慇懃《いんぎん》さ、それは彼女を僕の恋人として歓迎しているためではなく、彼らにとってあくまで彼女が手厚く遇するべき「客」である事実を知らしめるものなのだ。身内には成りえない他者として切り離す、それぞ彼らにとって最大の防御であり攻撃なのである。

その証拠に、昼食を終えた彼らは逃げるように林檎農園へ消え去った。自分も行きたいと言うセシルに「お客さんはごゆっくり」と丁重な、しかし頑とした拒絶を示して。

僕とふたり残されたセシルは手持ちぶさたな様子で台所をうろつきはじめた。年代物の秤《はかり》を見ては「さすが田舎！」とはしゃぎ、薪式のオーブンを見ては「田舎大賞！」と叫び――そして、ついに彼女はアレを見てしまった。

昔は一家に一台あったという「ビリッグ」。クレープを焼く円形の鉄板だ。今では店で買うのが一般的なクレープの皮も、時代の移ろいに無関心なバロウ家ではあいかわらず家で焼いていた。

「私、一度これでクレープを焼いてみたかったの。ね、やらせてよ、ジャン」

恐らく僕はもう少し慎重であるべきだったのだろう。バロウ家の女にとってこのビリッグがなにやら深長な意味を秘めていることは察していたのだから。けれどこのときは深く考えず、セシルの機嫌を損ねることのほうを恐れた。

「じゃ、みんなが帰ってくる前にね」

セシルが所望したのはもちろん甘いクレープだ。材料は小麦粉と卵と砂糖。バロウ家の質素な台所にも幸いその程度はそろっていた。僕は手早くそれらと水を混ぜあわせて生地を作り、ビリッグを温めた。

鉄板にひとかけらのバターを溶かし、生地を流しこむ。卵とバターの香りがふわりと立ちのぼる。

「私にやらせてよ」

「最初は見てなよ。意外と難しいから」

「できるわよ、そのくらい。貸して」

無論、彼女にはできなかった。鉄板上の生地が固まるよりも早く均一の薄さにならし、外側がぱりんとなったところで破らずに裏返す。初心者には難度の高い芸当だ。流しの上にはたちまち失敗作の山ができあがり、僕は「へたくそ」と笑ってしたたか脛《すね》を蹴られ、やりかえすふりをしてセシルの胸や尻を触った。彼女も応えて腰をくねらせ、甘い香りが焦げたクレープの匂いに変わっていく。

母の声に全身が総毛立ったのはそんなときだった。

「この大馬鹿者！」

殺気立った罵声にふりむくと、家の戸口に仁王立ちの母がいた。

「誰の許しでそんなことやってんだ。そのビリッグを使えるのはイザベル伯母さんだけだよ。そんなよそ者に甘いクレープなんか焼かせやがって」

僕はセシルを守るように一歩進み出た。

「ごめん、知らなかったんだよ」

「そんなわけあるか。私だってそこでクレープを焼いたことはない。おまえは知ってたはずだよ」

「わかった。ごめん。謝るよ。でも、セシルが悪いわけじゃないんだ。彼女はみんなに美味《おい》しいクレープを食べさせたかっただけで」

「なに言ってんだ。昼食の皿一枚も片づけなかった女が、そんな殊勝なことをするもんか」

「母さん、セシルに失礼だよ」

「肩を持っても無駄だよ。どうせそんなパリの尻軽女とおまえがうまくいくわけない。ブルターニュの男についてこれるのはブルターニュの女だけだ」

「尻軽女ってなんだよ。この村から出たこともない母さんにパリの何がわかる？」

ついに激しい親子喧嘩《おやこげんか》へ突入。子供時代の僕が抱えつづけた鬱憤、実家に寄りつかない僕に母が抱えつづけたであろう憤懣《ふんまん》——それらを互いの胸奥に押しこめあったまま、僕たちはブルターニュがどうのパリがどうのと代理戦争さながらの罵り合いに没頭した。

終戦のゴングを鳴らしたのはセシルだ。

「心配しないでよ、おばさん。私、田舎を見るのは好きだけど暮らすのなんてまっぴらだし、ジャンとの結婚なんて考えちゃいないし」

睨《ね》めつけあっていた僕と母は同時にその目を声の主へ移した。

クレープに飽きたセシルはビリッグで目玉焼きを作っているところだった。

「ジャン、最後のお願いだよ」

母は急に十も年老いたような顔で告げた。

「今すぐその女を連れて帰って、二度とここへは戻ってこないでおくれ」

田舎めぐりを満喫したセシルがその数ヶ月後にパリへ戻って以降も、僕は母の願いを尊重し、二度とバロウ家の敷居をまたごうとはしなかった。店を移るたびに住所は通知していたものの、母から連絡が来ることもなかった。完全なる訣絶《けつぜつ》。けれど僕は常に母を意識していたのだと今になれば思う。

評判の店から店へと渡り歩き、実力派のシェフについて腕を磨いた。休日も家のキッチンに立ち、いつかチーフシェフの座へ昇りつめる日を夢見た。厨房で一番えらい司令塔。そこまで行けばさすがの母も僕を認めてくれるのではないか。そんな期待が僕を支えていたのかもしれない。

二十七歳で母を亡くしたとき、だから僕は足場をくじかれた。生気を吸いとる魔物のような喪失感に支配され、料理への情熱も出世への野心も見失った。けれど厨房に立つ僕のそんな内面を知る人はいなかっただろう。

皮肉にも、どうにもならない虚脱の底で初めて、僕は自分がブルターニュの男であることを自覚することになったのだ。

つまり、いやになるほど辛抱強くて、粘りがきいてしまう。

心の状態がどうであれ、自分がやるべき仕事、やると決めたことは最後までやり通す。淡々と、黙々と全うする。母に聞かされていた父の姿に、気がつくと僕はとても似ていた。無論、ブルターニュの男が誰しもそうであるとは限らないものの、少なくとも僕の中には典型的なブルトン人だった父の片鱗《へんりん》が組みこまれていたようだ。まるである年齢に達すると動きだす凝った仕掛けのように。

結果、内面の失意と反比例して業界内における評価は上がりつづけ、母の死から五年後、ついに僕はパリで知られる名店のチーフシェフにまで昇りつめたのだった。

一方、ブルトン人の気質は諸刃の剣でもあった。たとえば歳を重ねるごとに表面化していった僕の頑《かたく》なさは、同時に手痛い弊害をもたらしもした。端的に言って、僕はひどく女受けが悪かったのだ。

セシルにふられて以来、果たして何人の女から一方的な別れを突きつけられただろう？

親密になりたてのうちはいい。けれど関係が深まるほどに女たちは一歩ずつ引いていき、やがては「つきあいきれない」「疲れた」「面倒臭くなった」などと言い捨てて去っていく。融通のきかない僕の性分に誰もが愛想を尽かすのだ。

年々助長されていく万事へのこだわり。言いだしたら引かない強情さ。デート中にコーヒーを一杯飲むだけでも、味とコストに納得のいくカフェまで延々と相手を歩かせてしまう。

「確かにあなたは屈強な精神の持ち主かもしれないけど、一緒にいても楽しくない」

そんな致命的宣告を受けたことさえある。

サラが僕の前に現れたときも、だから初めのうちはいつ回れ右をして去ってしまうのかと気が気ではなかった。最初の一声からして彼女には他の女と違う何かを感じていただけに、失う恐怖も大きかった。

出会いは、僕がチーフシェフをしていたレストランだ。出版社勤めのサラはグルメ本の取材で店を訪れた。通常、メディア対応は店のマネージャーに一任している僕だが、その日は料理を終えたところでお呼びがかかった。

「編集者が君に会いたいそうだよ」

フロアで待っていたのは毅然としたショートボブの女だった。

「すばらしい料理でした、シェフ。私はあなたを信用します」

信用する？　妙な物言いに小首をかしげる僕に、彼女はまっすぐ笑いかけた。

「実は私、三日前も同じ席で同じコースを注文したんです。取材って言うと通常よりもいいものを出してくる店も多いから、念のため。でも、ここの料理は三日前も今日も完全に同じものでした。同じくらいすばらしくて、もう一度食べたいくらい」

そのとき僕の胸を満たしたのは単純な喜びではなく、すぐには捉えがたい不透明の靄《もや》だった。

彼女は三日前にも同じ席で食事をした。けれど僕は気付かなかった。一日中、厨房にいるのだから当然だ。長らく当然と見なしてきたことが、初めてざらついた違和感を帯びた。

チーフシェフがうろうろしているとフロアが緊張する。だから君は厨房を守っていればいい。マネージャーには常々そう言われていた。でも、本当にそうなのか？　最後に客の顔を見たのはいつ？　掬《すく》っても掬ってもぬぐえない灰汁《あく》のように疑問がわきあがる。

数日後、僕は思いきってサラを呼びだした。我ながら血迷った話だが、僕に気付きを与えた彼女にこの心境を打ちあけたい、ぜひとも聞いてほしいとの誘惑に勝てなかったのだ。

「一度会っただけの君に、こんな話をしても迷惑なのはわかってる。でも、どうしても我慢できなくて」

バツの悪さをこらえて切りだした僕に、サラは「光栄だわ」とラフな笑顔を見せてくれた。たとえ内心イカれた男だと思っていたとしても。

「話して」

「僕は生きるために食事をする家に育った。毎日決まった食材、決まった料理が食卓にのぼる家。味をとやかく言うなんて罰あたりだ、神への背信だとみんなが思ってたんだ。でも、僕はこう思う。彼らみたいな人たちほど、時には日常を忘れて晩餐《ばんさん》を楽しむべきじゃないかって。厨房に入りたての頃からずっと思ってたんだ。普段は生きるために食べている彼らに、月に一度でもいいから華やいだ食卓を囲んでほしい。食事を楽しむことを肯定してほしい。そんな魔法を起こせるような料理をいつか作りたい、って。そう、それが僕の原点だったはずなのに……いつのまにか出世の欲に囚われて、仕事への情熱もすりへって、僕の料理を食べる人たちのことなんて忘れてた。忘れてたってことを、君のおかげで思い出したんだ」

鬱陶しいことこの上ない身の上話に、サラは注意深く耳を傾けてくれた。励ますでも助言をするでもなく、ただ一緒に答えを探すような瞳をして。

「すまない。会って間もない君にこんな話をするなんて、やっぱりどうかしてるよな」

別れ際に僕が詫《わ》びると、彼女は「いいえ」と微笑《ほほえ》んだ。

「あなた、まともだと思うわ。都会には迷いのない人間が多すぎるだけ」

以来、僕たちはデートを重ね、親しむほどにサラはかけがえのない存在になっていった。すでに僕は体よりも心の合致を重んじる年齢に達していたし、サラに関しては恋に堕《お》ちたという表現がしっくりこない。恋よりもずっと遠いところへ導かれた。二人でゆっくりと深間へ進み、その先にはかつてない広がりが見えた。

なんといってもサラは強い女だった。鋭く現実を見据える反面、僕と似た理想主義者の顔も持ち、時として僕以上に頑固にもなった。コーヒー一杯を飲むのに味とコストに納得のいくカフェを延々探した挙げ句、テーブルの配置に納得がいかないと引きかえすのがサラだった。

「君はなんとなく僕に似てる。だから好きだし、ときどき疲れる」

ある日、そう打ちあけた僕にサラは弾《はじ》けるような笑い声を返した。

「言ってなかったけど、実は私もブルターニュの女なのよ」

サラは僕の人生に奥行きをもたらしてくれた。三十五歳にして初めて同志と呼べる異性とめぐり会った僕は、彼女が与えてくれる日々の高揚や平穏、他者との共鳴が醸《かも》す「生」の味わいに逐一新鮮な感動を覚えた。一方で、仕事への違和感は解消されずに残り、むしろ日を追うごとに靄の濃度は増していった。

このまま僕は閉ざされた厨房に立ちつづけるのか？　シェフに挨拶を、と申し出てくれるごく一部の客の顔しか知らずに？

迷いを抱えた僕はそれまで以上に無口になり、仕事中も自分の世界にこもりがちになった。気持ちに余裕がないせいかスタッフのミスにも不寛容になり、時に激しく爆発して、あとから落ちこむことも増えた。

完璧主義者の僕は大体において人の仕事が気にくわない。できることなら何から何まで自分でやってしまいたい。大勢のスタッフでわさわさした厨房も苦手だ。静寂の中で鍋の声に耳を傾けたい。目の前のひと皿ひと皿と丹念に対話したい。

自分を顧みるほどに、僕は名店のチーフシェフには向いていないのだった。

「通りすぎる日々。通りすぎる人々」。ある夜、ベッドでサラと寄りそいながらつぶやいた。「僕の料理も人々の前をただ通りすぎていくだけ。僕には彼らがそれを本当に食べたって実感すらもないんだ」

「私もよ」。サラは意外な言葉を返した。「いろんな人に会って取材して、会っては別れて、いつもそうして通りすぎるばかり。若い頃はそれも刺激的だったけど、正直、最近はしんどいの。もっとべつの生き方があるんじゃないかって」

「べつの生き方？」

「どこかに留《とど》まり、根を張りたい。大地に種を蒔《ま》いて実りを待つような、そんな生活を送りたい」

柔らかなオリーブ色の瞳が陽《ひ》を浴びたように輝いた。ね、とサラは威勢よく上半身を起こして言った。

「あなた、ターブル・ドットに興味はない？」

「ターブル・ドット？」

「前から思ってたの。いつかブルターニュへ戻ってシャンブル・ドットを営めないかな、って。素朴で居心地のいい民宿。毎日少数のお客さんを迎えて、彼らがいつでも戻ってこられる故郷になれるような、そんなシャンブル・ドットのおかみさんになれたらいいのにって。でも、あなたと会って考えが変わった。ターブル・ドットのほうがずっと素敵よ」

　フランスの地方でよく見る小さな民宿。シャンブル・ドットもターブル・ドットもその点は変わらない。大きな違いは朝食しか付かないシャンブル・ドットに対し、ターブル・ドットが温かい夕食を身上とすることだ。

「もちろん、これは私の夢。あなたにはあなたの夢がある。ただ、この二つが重なりあう可能性についてちょっとでも考えてほしかったの」

　僕はそれまでターブル・ドットのことなど考えたことがなかった。興味があるのかさえもわからないほど、それは遠い視野の彼方《かなた》にあった。けれどサラの口からその響きを聞いた瞬間、自分の中にかつてない風が吹きぬけたのも事実だった。

「考える時間をもらえるかな」

「もちろん」

僕は考えた。ブルターニュでサラとターブル・ドットを営む未来について、来る日も来る日も考えつづけた。具体的な道筋。経済的な問題。成功の可能性。一度決めたらあとに引けない人間は、決めるまでに自分の中で気がすむまで石橋を叩《たた》いておくものだ。

七ヶ月後、ようやく思い定めた僕はサラをオペラへ誘い、帰りの夜道で告白した。

「サラ、決めたよ。君と一緒にターブル・ドットをやりたい」

サラはぎょっとした顔をした。

「まだ考えてたの？」

「目の前を通りすぎる人々ではなく、僕たちの宿へ休みに来る人々を料理でもてなす。手ずからサーブして、ひとりひとりの顔を見ながら。考えれば考えるほど、ターブル・ドットは僕にとってひとつの理想なんだ」

ただし、と思いきって言い添えた。

「男としての理想も付け加えれば、ターブル・ドットの礎《いしずえ》となるのは、君との家庭であってほしい。サラ、君がいることが大前提だ。僕を信じて結婚してくれないかな」

瞬時に固まったサラの顔。その緊張が徐々にやわらいでいく様を、僕は人生一番の感動をもって見届けた。

やがて彼女の唇がほころび、色づくように顔全体が甘やかな笑みに埋もれた。

「初めて会った日に言ったでしょ。あなたを信用するって」


仕事を辞め、パリを引きあげてブルターニュへ戻った。カンペールの町中にさしあたり二人で暮らすマンションを借りた。タープブル・ドットが完成するまで披露パーティーはお預けとし、ささやかな結婚式だけを済ませて二人で祝杯をあげた。すべてがするすると流れるように運んだ。

僕はすぐに新しい生活拠点に慣れた。パリでの年月が映画か何かのように感じられるほど、久方ぶりに戻った故郷にすんなり落ちついた。そして、それについて自分がどう思うかという以前に、母が生きていたらどう思うのかが常に気になっていた。ブルターニュの男についていけるのはブルターニュの女だけ。常々そう言っていた母はサラとの結婚をどう受けとめるだろう。僕たちの帰郷は？　タープブル・ドットの夢は？

フィニステールの雨は苦い記憶の底に閉じこめていた面影を否応《いやおう》なしに呼びさます。

　幸い、バロウ家の人々は今も健在だった。僕とサラは先送りした披露パーティーに代えて、カンペールの新居に互いの親族を招き、ささやかなホームパーティーを催した。

「ダメよ、ジャン。部屋の中で三本の蠟燭《ろうそく》を一緒に灯《とも》すなんて、不吉だわ」

「この新居に初めて入ったとき、動物を先に行かせたかい？　犬でも猫でもいい、まずは動物を身代わりに送りこむのが賢明ってもんだよ」

「あなたたちが赤ちゃんを授かるとき、夜空の月が明るく輝いていることを祈るわ」

　バロウ家の面々はあいかわらずながらも、今の僕にはどんな世迷い言も笑って受け流す余裕があった。遠い日、死んだ少年にキスさせられた悪夢を思い起こすと、若干、苦い笑いにはなってしまうけれど。

　嬉《うれ》しかったのは、僕の料理をバロウ家の皆が口にしてくれたことだ。パートナーや子供連れで駆けつけてくれたいとこたちなどは、こんな美味《うま》いものは初めて食べたと絶賛さえしてくれた。

「ジャン、腕をあげたな」

「今だから言うけど、昔、おまえの料理に手が伸びなかったのは不味《まず》かったせいもある」

見慣れぬ皿の数々に最初こそ躊躇《ちゅうちょ》していたローラン伯父さんとイザベル伯母さんも、パーティーの中盤に差しかかった頃には恐るおそるフォークを差しのべ、みるみる加速をつけていった。その顔はほんのり上気していた。

そんな姿を見るにつけ、改めて僕は彼らのような人たちのために料理を作りたいと思うのだ。生きるために食べる人々。食に娯楽を求めず、毎日同じものを食べる。彼らの選んだその生き方を、今の僕は否定しない。けれど月に一度、いや年に一度でもいいから日常の縛りから解き放たれ、人の手による料理で一息ついてほしい。完全にくつろぎ、安らいでほしい。こんな思いに今ならば母は耳を傾けてくれるだろうか。

「やあ、ジャン。いいパーティーになったな。お招きありがとう」

ややもすれば心に忍びいる悔恨と闘う僕の横に、シードルのグラスを手にしたローラン伯父さんが立った。

「サラはすばらしいね。あちこちでみんなをもてなしながら、私のグラスが空になる寸前に必ずシードルを注ぎに来る。恐るべき空間把握能力の持ち主だ。きっといい奥さんになるし、いい宿のおかみさんになるだろうよ」

ひとしきりサラを誉《ほ》めたあと、伯父は「ここだけの話」と声をひそめた。

「昔、君が金髪のパリっ子を連れ帰ったときには、内心、大いに震えあがったもんだよ。君があの子と結婚するなんて言いだした晩には、三日三晩かけて悪魔払いをしなきゃならんと」

僕は耳まで熱くした。

「ローラン、あの子のことは忘れてよ」

「でもな、同時にこうも思った。私だって二十歳やそこいらの頃にあの金髪娘と出会ったら、神に背いてでもデートに誘っただろうって」

「本当？」

「つまり、君は若かったんだ。アネットだってそれくらいはわかってたはずさ」

皺の深くまで土を刻みつけた掌《てのひら》を、伯父が僕の肩に載せる。この胸中を見透かしたかのような言葉に、僕は素直にうなずけなかった。

「母さんは最後まで僕を誇れずに死んだ。確かなのはそれだけだよ」

「けれどいつか君を誇れる日が来ることは知っていた。本当さ。ジャンは必ず自慢の息子になる。君のいないところではそう言って君を信じてたんだ」

僕のいないところでは。その事実に喜ぶべきなのか恥じ入るべきなのかわからないまま、僕は息絶える前夜に母が遺した言葉をふっと脳裏によみがえらせた。おまえを認めるときには五枚の白い花びらになって知らせよう。あれは息子を誇りたい母の切なる思い、死してもなおその日を待ち迎えたいという願望の表れだったのかもしれない、と。

長い歩みが始まった。ターブル・ドットの実現へ向けた遥《はる》けき道のり。

しかし、急ぐことはない。絶えず人を追いたてるパリの時計とは違い、ブルターニュのそれは決して人を急《せ》かさない。

僕とサラはフィニステール中のターブル・ドットをめぐり、主人たちから民宿のノウハウや客のもてなしを学んだ。幾十もの候補地へ足を運んだ末、ありあまるほどの緑に包まれた村で元豪農の廃屋と出会い、規模も立地も申しぶんのないその古屋敷をターブル・ドットに改造することに決めた。契約の三日後には僕とサラの第一子、ジャネットと名付けた女の子が誕生した。

物件さえ決まればあとは持久戦だ。僕はカンペールのホテルにシェフとして雇われ、週に一度の休日を廃屋の改造に当てることにした。貯えにはまだ余裕があったものの、父親の身でそういつまでも無職ではいられない。ホテル勤めはターブル・ドットの経営に役立つだろうとの読みもあった。

週一日、それもしばしば雨に祟《たた》られながらの作業には限界があったが、何度も村へ通っているうちに顔見知りが増え、気のいい男たちが手を貸してくれるようになった。まずは傷んだ屋根を修復し、窓を取り換え、窓枠も組みなおした。床も剝がして張りなおし、三階のロフトスペースを客室に造りかえた。煤《すす》けていた壁にペンキを塗り、壊れた暖炉を修理した。時にはバロウ家のいとこたちも手伝いに来てくれた。

ようやく外装が一段落した頃、僕とサラの第二子が誕生した。今度は男の子でアランと名付けた。牛舎なみに騒がしくなったリビングで、僕とサラは来る日も来る日も内装の構想をすりあわせた。宿に置くものは例外なく入念に選びぬかれたものであってほしい。椅子一脚、ランプの笠《かさ》ひとつ妥協はしたくない。パリへ出向いてインテリアショップを梯子《はしご》するもイメージ通りのものは見つからず、結局、家具も自分たちで造ることになった。食堂のテーブル、椅子、食器棚、各部屋のベッド、タンス、小机。近所にいる元大工の協力の下、タダ同然で手に入れた廃材を組み立て、丁寧に磨いてニスをかけた。必要なものにはペンキを塗った。サラは子育てに追われながらもカーテンやベッドカバー、クッションなどを自製した。さすがに水まわりだけはプロに緻密な設計図を託した。

そうして内装も整った頃には三子目の男子、ニコラが生を受けていた。僕はホテル勤務を辞め、カンペールのマンションを引き払い、四人に増えた家族ともどもタープル・ドットの一階へ移り住んだ。ようやく仮住まい生活に終止符を打ち、終《つい》の棲家《すみか》に羽根を休めた。

否、休んでいる場合ではなかった。宿はもう充分に人が住める状態にありながらも、お客を迎えるにはまだ難があった。敷地内に広がる見渡すほどの庭、その大部分が森と見紛う荒れ具合だったのだ。育った樹木はできるだけ自然のままに残し、僕たちは丁寧に草を刈っていった。気の遠くなるようなこの骨仕事を上の子供ふたりも手伝ってくれた。すっきりと開けた庭には様々な花の苗を植えた。ブランコやバーベキュー用のテラス席も設けた。

ついに完成したターブル・ドットのお披露目パーティーは、七年にわたって据え置かれていた僕とサラの結婚披露パーティーを兼ねて盛大に行った。会場となった宿の庭を埋めたのは僕たちの親戚だけじゃない。七年のあいだにいつしか増えていた地元の友達もつめかけ、皆の協力で成し得た宿の完成を心から祝してくれた。中には民族衣装のコワフやサボをまとって歌や踊りを披露してくれる村人たちもいた。

通りすぎない人々。土の匂いがする彼らとともに僕らはこの地に根を張り、新たな種を蒔きつづけ、わかちあえる実りを待つだろう。

盛況のうちにパーティーが終わり、家族手分けしての後片づけを済ますと、僕とサラは月明かりに照らされた庭のテラスで静かな余韻にひたった。ようやくここまでこぎつけた。僕たちの中には揺るぎない達成感があった。と同時に、本番はこれからであることも忘れていなかった。

「最初の一、二年は厳しいでしょうね。来週からオープンなのに、予約はまだ二組だけ。それもあなたのいとこと私の両親だもの」

サラは現実的だった。

「でも、きっと三年目から部屋が埋まりだす。私はそれを信じてる。だって、本当に素敵な宿ができあがったんだもの。それに、あなたの料理がある」

「最初の二年が我慢どころってわけか」

見通しは厳しいながらも僕たちの声は明るかった。二人とも我慢には自信があったのだ。

「それでね、ジャン。思ったんだけど、どうせなら空いた時間があるうちに、できることをやっておかない？」

「できること？」

「今日、みんなの顔を見ながら思ったの。この宿は地元のみんなのおかげで完成したようなものでしょう。だから私たちもこの宿を通じて、何か地元へのお返しができないかなって」

「お返し、か」

僕はなかば感心し、なかば呆《あき》れてつぶやいた。この奥さんはいつも半歩くらい先から僕をふりかえり、新たな課題を投げかけるのだ。

「たとえば……料理の食材は地元のものを使うとか、そういうこと？」

「そう、徹底して地元産にこだわるとか。あと、よそから来たお客さんを地元の料理でもてなして、食事を通じてブルターニュの魅力を知ってもらうとか」

「なるほど。地元の料理か」

僕は考えた。いや、考えるふりをした。本当は考えるまでもなく、瞬時にある一品がひらめいていたのだ。

良くも悪《あ》しくも僕の人生に植えつけられたブルターニュの味。

「しょっぱいクレープね」

僕の目を見てサラが微笑んだ。

「あなたのお母さんがこだわりつづけたガレット」

「うん、でもノスタルジーだけじゃだめだ。ガレットの持つ独特の塩気、あれを生かした新しい一品ができないかな。地元のビーツやアーティチョークと組み合わせたりして、サラダ風の前菜に」

「うん、食べてみたい。一刻も早く」

「そうはいかない」。料理への意欲が久々に僕を駆りたてていた。「まずは黒麦だ。この辺で黒麦を育ててる農家を探さなきゃ」

「そこまでこだわるの？」

「食材は徹底して地元産にこだわる。そう言ったのは君だよ」

僕は常ならぬスピードで、早速、翌日から行動を開始した。食材探しも兼ねて近場の農家を一軒ずつ訪ね、黒麦畑に関する情報を求めてまわったのだ。が、甘かった。昔はフィニステール中にあったといわれる黒麦畑は、今では完全にその影をひそめていた。

「黒麦畑で食べてる農家はもういないよ」

誰もがそう口をそろえた。安い輸入物の黒麦粉が出回りはじめて以来、黒麦を育てても採算が合わず、ほかの作物に鞍替《くらが》えする農家が続出したのだという。遠地へ行けばまだ残っているかもしれないが、それでは地元の食材にこだわるという本旨を逸脱してしまう。

早くも暗礁に乗りあげていた僕に意外な助け船を出してくれたのは、いとこのアンヌだった。ターブル・ドットの一番客として僕たちの宿を訪れた彼女は言ったのだ。

「黒麦だったら昔、あなたの両親が育てていたじゃない」

「うん、でももう四十年も前のことだし、畑はとうに売ってるし」

「その畑を買った人、今でも細々と黒麦を育ててるらしいって話を聞いたことあるけど」

「本当？」

果たして本当であった。ローラン伯父さんに電話で確認したところ、黒麦畑を継いだのは同郷のギスランさんという男で、もともと僕の両親とは旧知の間柄だったという。父の死後、母だけでは畑をやっていかれないだろうとの憂慮から買い取りを申し出てくれたらしい。そして年老い、畑仕事を引退した今も、一部の黒麦畑は手放さずにいるとのことだった。

なぜ今でも黒麦畑を？

この謎は会ってから解くことにした。

逸《はや》る思いでギスランさんへ連絡をした僕は、「ルネとアネットの息子なら大歓迎だ」との返事に甘え、その翌日には黒麦畑を見に行かせてもらう約束を取りつけた。

これまた僕らしからぬ早業だとサラには驚かれたけれど、実のところ自分では遅すぎた気がしてしょうがなかった。とてつもないまわり道をしてしまったような。

黒麦畑を見るのは初めてだった。

いや、正しく言えば遠い昔、両親が黒麦を育てていた時代に見てはいたのだろう。少なくとも瞳に映しはしたはずだ。が、僕はまだあまりに幼すぎ、物心がついたときには父も畑も失っていた。よって、僕が黒麦に関して持ち得るのは書物から得た知識だけだ。

意外に思われるかもしれないけれど、黒麦は麦の仲間ではない。山羊《やぎ》と鹿くらい種が違う。なのになぜ「麦」が付くのか気になるところだが、もしかしたら小麦粉《ブレ》に黒色《ノワール》をまぶしたような粉が穫《と》れるため、愛称的に黒麦《ブレノワール》と呼ばれだしたのが発端かもしれない。

実際はその形状も性質も麦とは似ても似つかない。そもそもイネ科の麦に対して黒麦はタデ科に属し、穂を持つかわりに花びらを持つ。日本では黒麦粉から作る麺が古くから親しまれている。

と、知識としてはわきまえていた。

しかし、ギスランさんに導かれて黒麦畑の前に立った瞬間、それでもやはり僕は大きく息を呑み、呆気《あっけ》に取られずにはいられなかった。

仄《ほの》かに黄味を帯びた温かな緑色。子供の掌ほどもある豊かな葉。その先端に点々と連なる小さなつぼみ。目前に広がっているのはかつて見たことのない未知なる植物の群生だった。押しあいへしあいするように葉を絡ませて地面の土を隠し、圧倒的な生命力を空へと立ち昇らせている。

「これが、黒麦……」

「そう、これが黒麦だ」

魅せられ、立ちつくす僕にギスランさんが言った。

「どこでも育つし、放っておいても伸びていく。これほど頼もしい作物はほかにない」

確かに頼もしい光景だった。麦の穂が風を受けて織りなす優雅な波のような、あの整然とした美しさはここにはない。一葉一葉が勝手に陽を浴び、思い思いに風に吹かれてざわざわ踊っている。その奔放な躍動に命の力が漲《みなぎ》り、むせかえらんばかりの生気を発散する。まるで手を伸ばせば伝わってくる確かな熱のような。

「あと二週間もすれば花が咲き、二ヶ月で実が穫れるだろう。それであんたがガレットを作りたいなら、いくらでも好きに持っていけばいいさ。どうせ趣味の畑だし、ルネとアネットの息子に役立ててもらえるなら本望だ」

白い髭《ひげ》をたくわえた口もとを笑ませるギスランさんに僕は尋ねた。

「なぜ趣味で黒麦畑を？」

「さあ、なぜだろうな。ブルターニュの代名詞でもあった黒麦がどんどん消えていく。それに抗《あらが》いたかったのかもしれん。それに、ここにいるとアネットを思い出すんだ」

「母を？」

「自由気儘《きまま》で、生命力に溢れてて。黒麦はアネットに似ているよ」

遠き日を偲《しの》ぶようにまぶたを閉じるギスランさんの横で、僕は瞳を瞬かせた。

「それ、本当に母のことですか？　僕の母は自由どころじゃありませんでした。土着の因習に縛られて、迷信にふりまわされて、毎日汲々《きゅうきゅう》として」

「それはルネが逝《い》ってからだろう。夫婦で黒麦を育てていた頃のアネットは、それはそれは生き生きとした跳ねっかえり娘だったよ。歩くのもじれったそうに、そこいら中を駆けまわっていた。ルネと一緒に畑を広げて、いつかブルターニュ中を黒麦で埋めつくしてやるんだと息巻いてたもんだ」

「母さんが……」

信じがたい思いで再び黒麦畑へ目を馳《は》せた。埋もれるような緑の中を駆けめぐる若き日の母をそこに描くも、僕の知る母とは一致しない。けれど、その母も確かに存在した。何者も恐れず、何物にも縛られずに輝いていた時代。母の幸福な記憶は黒麦の中にあったのだ——。

「こう言っちゃなんだがね」。ギスランさんが声を落とした。「バロウ家で居候《いそうろう》生活を始めてから、アネットは苦労したと思うよ。農園で汗する傍ら、信心深いローランたちに合わせて足繁く教会へ通って、一家の習わしにも従って。そうして彼らに同化することで、一人息子のあんたを守ろうとしたんじゃないのかな。あんたがバロウ家の人々に受けいれられるように」

僕は息を止めた。まるで一瞬、静かに死んだように。

「僕のために？」

「もうひとつ……、一度だけアネットが私に洩《も》らしたことがある。この世で一番怖いのは息子に死なれることだ、と。ルネを若くして亡くしたアネットは、いつだって死の影に怯《おび》えていた。その影からあんたを守るためならば、どんな迷信にだってすがりつく気でいたんじゃないのかな」

「………」

緑だけだった。魂が抜け落ちたような僕のうつろな瞳に捉えられるのは、一面の緑だけだった。僕はその緑に吸われるようにゆらりと足を進め、緑の中へ沈みこんだ。膝を折り、緑の底に手を突き、崩れるように頭《こうべ》を垂れる。

目の下にちらりと白い光が灯った。早咲きの花。無数のつぼみが緑に抱かれている中、一株だけが茎の先に白い花をいくつもまとっている。僕は震える掌でそれを包み、小さな白い花びらを数え、そして慟哭《どうこく》した。

アレンテージョ

江國 香織

江國香織
えくに・かおり

1964年東京生まれ。1989年「409ラドクリフ」で第１回フェミナ賞受賞。2002年『泳ぐのに、安全でも適切でもありません』で第15回山本周五郎賞、04年『号泣する準備はできていた』で第130回直木賞受賞。07年『がらくた』で第14回島清恋愛文学賞、10年『真昼なのに昏い部屋』で第５回中央公論文芸賞、12年「犬とハモニカ」で第38回川端康成文学賞受賞。著書多数。

オリーブの葉裏は白い。埃《ほこり》っぽい田舎道、木々はじりじりと日に焙《あぶ》られ、干上がって、風もないのに葉裏を見せてゆらめく。助手席の窓から外を見ながら、始まったばかりのこの旅に、僕はすでに倦《う》んでいる。

マヌエルは上機嫌だ。途中のドライブインで買ったふざけた眼鏡——このあいだ終ったワールドカップで熱狂した観客たちがかけていた、縁だけの、安っぽくて巨大な眼鏡——をかけ、カーステレオから流れる曲に合せて、ハミングしながら運転している。豊かな黒髪に端正な顔立ち、すらりとして均整のとれた身体《からだ》つき。妙ちきりんな眼鏡を一つかけたところで、彼の美しさはそこなわれない。

「あけて」

マヌエルが、紙袋を僕の膝に置く。

「どれ？」

スニッカーズ、エナジー・バー、ポテトチップス、オレンジ、ゆで玉子。

「ゆで玉子」

僕は従順にそれを取りだし、殻をむく。

アレンテージョに行こうと言い出したのは、マヌエルの方だった。田園への小旅行、いかしてると思わないか、と、言った。僕らには休暇が必要だよ、と。

どういう意味？ 訊《き》き返したのは、その少し前にした口論を、僕がまだ胸にくすぶらせ、消化しきれずにいたからだ。旅行で不実の埋め合せをしようっていうの？ マヌエルは悲しそうな顔をした。

マヌエルの不実――というより、あらゆる人間に対して発揮される誠実さ――は、いまに始まったことではない。彼は自分に備わった魅力を十分に理解していて、人々にそれを分け与えることを、ほとんど義務だと思っている。彼は決して惜しまない。言葉も、笑顔も、友情も、自分自身の肉体も。それがときに僕に対する不実になるということは、理解の外であるらしい。

なぜ？ どうして不実ってことになるのかな。僕が誰に誠実になろうと、その僕のすべてはきみのものなのに？

問題は、たぶん僕が狭量だということなのだろう。狭量で、偏屈で、陰気で嫉妬深いルイシュ。運転席の男とは、たしかに大違いだ。

「ほら」

殻をむいた玉子をさしだすと、マヌエルは上体をかがめて半分ばくりと口に入れ、ウェットティッシュのパックを無造作に僕に寄越す。氷の溶けきったアイスコーヒーで残りの玉子ものみ下すと、

「暑いな」

と呟《つぶや》いて、エアコンの風量を上げた。外気温は四十度に達している。

バーテンダーという職業柄朝帰りの多いマヌエルは、サンオイルを塗ってベランダで昼寝をする、というシンプルな方法で、この夏全身を日に灼《や》いた。元は、僕とおなじくらい白い肌だったのに。

コテッジに着いたのは、予定の二時を大きくまわり、ほとんど三時になろうかというころだった。丈高くのびた雑草のあいだに、かろうじて見える小さな看板が立っていたが、建物はそこからまた車でたっぷり五分は走った先にあった。

「なんにもないところだな」

家畜の匂いでも嗅ぎたいのか、マヌエルが窓をあけて言い、僕は肩をすくめた。

「だって、田園だもの。そういう場所を選んだんだろう？」

平野、草原、野っ原。何と呼ぶのが正しいのかはわからないが、まあ土と草、木々、ところどころに野生の花、単調な景色だ。車を降りると空気は陽炎《かげろう》が立つほど熱く、どこかから蜂の羽音がきこえた。

入口の戸は開け放たれており、中はひんやりしてカビくさく、フロント・デスクは無人だった。デスクだけじゃなく、建物の内にも外にも誰もいない。小ぢんまりした食堂にも、窓扉を閉《た》てきっているので薄暗い、バーらしいスペースにも。銀色の丸い呼び鈴を、マヌエルは二度鳴らした。一度目はチンと、二度目はチンチンチンチン、とうるさく。

「ほんとに営業してるのかな」

僕はにわかに不安になった。

「してるさ。ちゃんと予約したんだから」

マヌエルは言い、

「コン・リセンサ《すみません》、ボア・タルデ《こんにちは》」

と、声を張った。誰も現れず、かわりに、壁の鳩時計《はとどけい》が三時を打って、僕たちをぎょっとさせた。

これだから田舎は。

あやうくそう口にしかけたとき、おもてからようやく人が入ってきた。水色のシャツにベージュのスラックス、がっしりして背の高い男性だった。

「ああ、申し訳ない。お待たせしてしまったかな」

男性はにこやかに言い、デスクの向う側にまわると、素早くパソコンをたたいた。

「ええと、マヌエル・ブラガかな。三泊四日？」

チェックインはマヌエルに任せて、僕は戸口に腰をおろした。ほとんど湯のようにあたたまった水を、ペットボトルから一口のむ。両足のあいだの地面に蟻《あり》の巣があり、体長二センチはあろうかという大きな蟻が、何匹もせわしなく動きまわっている。僕はしばらく彼らを観察した。彼らの行動には、何らかの秩序があるはずだと思ったのだ。けれどそんなものはなかった。あるいは、あっても僕には見出せなかった。蟻たちはてんでんばらばらに、ただ右往左往しているようにしか見えなかった。

チェックインはなかなか終らない。背後で、オーナーのフェルナン（そう名乗った）がマヌエルに、説明している声が聞こえる。

「何か必要なものがあったら、遠慮なくフロントに電話をかけてくれ。メイドがすぐに行くから」

あるいはまた、

「お陰さまで満室だよ。バカンス・シーズンだからね。太陽、静寂、プライヴァシー、みんなそれを求めて来る」

よく喋《しゃべ》る男だ。無闇に溌剌《はつらつ》としている。

「ああ、プールもある。きみたちの部屋から歩いてすぐだよ。バーは夕方から午後十一時まで、朝食は……」

生ぬるい水を、僕はまた一口のんだ。そよとも風は吹かない。Tシャツが背中にはりついている。車のエンジン音が聞こえ、緑色のローヴァー・ミニが近づいてくるのが見えたとき、なんとなくほっとしたのは、太陽と静寂とプライヴァシーに、僕が慣れていないせいだろう。ローヴァー・ミニは、僕らの車のすぐうしろで停《と》まった。左右のドアがほぼ同時にあいて、中年の女性が二人降り立つ。

「失礼」

音を聞きつけたフェルナンが、呟いて僕の横をすり抜ける。同時に、建物の裏のどこかから、ワンピース姿の女性も駆けだしていく。

「大した出迎えぶりだな。俺たちのときとは大違いだ」

マヌエルが言い、僕の隣に腰をおろした。広げた地図を両手で持っている。

「まずは買い出しだな。いちばん近いスーパーマーケットはここだってさ。まいったね」

午後十一時以降に酒をのめる店がないというのは、マヌエルにとって死活問題なのだった。

「そこ、気をつけないと蟻の巣があるよ」

僕は教えてやった。

ローヴァー・ミニの後部座席から、子供が一人這《は》いでてきた。女の子だ。髪を短く切り揃《そろ》え、やせっぽちで、簡素な夏服《プリントドレス》を着ている。中年女性二人は外国人のようだった。フェルナンが、英語で詫《わ》びていたから。やがて、二人はまた車に乗って、未舗装道路をひき返して行った。

「申し訳ない」

戻ってきたフェルナンは、ぼくたちにもまた詫びた。

「家出娘のご帰還でね。すぐに部屋に案内するよ。車はこちらで駐車場に移動しておくから」

家出娘？　僕はその少女を改めて眺めた。髪がくしゃくしゃに乱れていた。足元はゴムぞうり。所持品はくたびれたうさぎのぬいぐるみ一つのようだ。口を一文字に結び、目が合った僕をにらみ返す気概は見せたけれど、家出を企てるには、あきらかに幼すぎる。迎えにでたワンピース姿の女性——母親だろう——と、しっかり手をつないでいる。

「常習犯なの」

その女性が、疲労と困惑の滲《にじ》む笑みを浮かべて言った。肩までの長さのやわらかそうな髪、思慮深げな目。瞳の色が、娘とおなじヘーゼルナッツ色であることに僕は気づいた。

「常習犯？」

訊き返したが、その質問はフェルナンが、

「妻のフラヴィアと娘のエレナだ」

と、にこやかに紹介したことで立ち消えになってしまった。

案内された部屋は清潔で、エアコンも正常に機能しており、快適だった。敷地内は小道が迷路のように入り組んでいて、一棟ずつの距離はそれほど遠くないのだが、鬱《うっ》蒼《そう》と茂る樹木や蔓《つる》性の植物、まるで手入れをされていないように見えるがおそらくそうではないはずの花々、に包囲されているせいで、たしかに他人からも喧《けん》噪《そう》からも、濃密に守られている。というか、世界から置き去りにされた感じさえする。

ダブルサイズのベッドだけで空間のほとんどを占めている寝室の他に、暖炉が切られ、北アフリカの民芸調のラグやクッションの配された居間、台所とバスルームがあった。

「いいじゃん」

室内をひととおり見てまわり、ベッドに坐《すわ》って煙草《たばこ》に火をつけると、マヌエルは言った。「絵を描くにはもってこいの場所だな」

ぶ厚いガラス窓ごしに、息苦しいほどの緑が見える。ぼくは肯定の相槌《あいづち》を打ったが、ここで絵を描こうとは思っていなかった。絵さえ描いていれば幸福な人間だと思われているようで不本意だったし、マヌエルの言い方では、まるで僕がこの土地に来たがったように聞こえる。

「シャワーをあびてくる」

僕の声音はむっつりと不機嫌に——もしかするとふてくされて——響いたと思う。事実、不機嫌だったのだ。けれどマヌエルは気にするふうもなく、むしろ快活に、

「わかった。じゃあ僕はそのあいだに、買い出しに行ってくるよ」

と、言った。ベッドをきしませて勢いよく立ちあがり、吸殻を灰皿に押しつけて消

す。僕はよほど妙な顔をしていたに違いない。こちらを向いたマヌエルが、いきなり笑って僕を抱きよせたのだから。

「なんて心細そうな顔をするんだろうね、きみっていう男は」

そして言った。

「たかだかスーパーマーケットじゃないか」

結局、いつもこうなってしまう。スーパーマーケットの通路をマヌエルとならんで歩きながら、僕は自分が一体何を望んでいるのかわからなくなる。マヌエルのそばにいることなのか、マヌエルのそばから離れることなのか。

僕たちは、出会ってから四年半、一緒に暮し始めて二年半になる。ありふれた出会い方（酒場で、たまたま居合わせた共通の友人に紹介された）だったし、出会ってすぐに惹《ひ》かれ合ったわけでもない。マヌエルの働く店の店長（筋金入りの男色家で、今年還暦を迎えるのだが、三十年近く連れ添っている伴侶がいる）がときどき過去をふり返って言うように、「心のなかで何かがスパークした」りはしなかったし、「世界が急にいきいきと輝いて見えた」りもしなかった。それでも、僕たちはすこしずつ互いを発見し、おなじ家で飼われることになった犬と猫がしばしばそうするように、すこしずつ互いの存在を認め、必要とし、いつのまにか、なくてはならない近しい者同士になった。これまでのところ、僕たちはおおむね良好な関係を保ってきたと思う（マヌエルは僕を世界でいちばんおもしろい奴《やつ》だと言い、僕はマヌエルを、世界でいちばん放っておけない奴だと思う）。でも最近、僕はマヌエルを不実だと感じ、マヌエルは僕が彼を束縛しようとしていると言う。

束縛だって？　聞き捨てならない言葉だけれど、あのフランソワーズ・サガンだって、「愛は束縛」とかいう小説を書いていなかったっけ？　もっとも、あの本の結末は悲しいものだったけれど。

困るのは、僕がどこかで、マヌエルが正しいと知っていることだ。

僕たちはどちらも自分がゲイであることを隠してはいないが、誰かに相手を紹介するときには、「友達のマヌエル」、「友達のルイシュ」、と言う。単純に、それがもっとも真実に近い気がするからだ。

真実はいつも僕を打ちのめす。真実には容赦がない。

水とビール、ジンジャ《さくらんぼ酒》、それに壜入《びんい》りのオリーブを買って店をでた。

フラヴィアとエレナに会ったのは、駐車場からコテッジに続く小道でだった。二人は花をつんでいた。手でも楽につまめそうな小さな草だが、一本ずつ丁寧に、植木《うえき》鋏《ばさみ》で切っている。

「オラ《やあ》」

僕たちが挨拶をすると、フラヴィアもおなじ言葉を、ただしずっと小さな声で、小さな笑みと共に返した。

「オラ、家出娘くん。調子はどう？」

マヌエルが、すべての野良犬がついてきたがる（であろうと僕がいつも思う）、善良で自信に満ちた口調で話しかけたが、エレナはただそっけなく、

「ベン《いいわ》」

とこたえただけだった。自分に話しかけてきた人間――旅行者、客、男たち、何であれ――の顔を、見ようともしない。

「食堂に飾る花をつんでいるところなの」

フラヴィアが説明した。

「それがあなたの〝仕事〟なのよね。おちびさん」

エレナは母親の言葉を黙殺した。たぶんテーブルの数に見合っただけの花を切り終えたのだろう。〝仕事〟の成果を母親の前につきだして見せてから、無言で母屋へ駆けて行った。僕らはならんでつっ立って、その小さなうしろ姿を見送った。

フラヴィアがため息をつく。

「ごめんなさい。上の娘がいなくなってから、ずっとあの調子なの。すごく仲がよかったから」

いなくなる、という言葉を聞いて、僕はまた、上の娘も家出したのかと思ったが、そうではなくて、フランスに留学中なのだそうだ。製菓学校に通っているのだという。

「あなたとおなじだ」

マヌエルが言った。

「ここの食堂ででるデザートはみんなあなたのお手製だって、さっきフェルナンが教えてくれましたよ」

フラヴィアは肩をすくめる。

「母仕込みなの。私は素人みたいなものだけれど、母はいまでもエヴォラでお菓子屋を営んでるわ。だからアマリアは、私とおなじというより、祖母とおなじ道を選んだっていうことになるわね」

そのアマリアが留学して以来、エレナは宿泊客の車にもぐり込んでは、逃亡未遂をくり返しているのだという。

部屋に戻ってシャワーを浴びると、午後五時だった。太陽はやぶれかぶれになったみたいに光の粒子をまき散らし、暑さは一向にやわらがない。

僕たちは、最初の食事をモンサラーシュの村はずれにある小さなレストランで摂《と》ることに決めていた（この旅は、マヌエルの言では「美食の旅」でもあり、「アレンテージョの名物料理を食いつくす」べく、下調べをして予約をした）。

店の予約は八時だったので、それまでの時間、マヌエルは昼寝をして、ぼくはコテッジの周りをぶらぶら散歩して過ごすことにした。

敷地内は、さながら秘密の花園だった。群生する野あざみが咲いたまま枯れて乾いている一画があるかと思えば、蔓薔薇《つるばら》が雨のように満開の枝を垂らす一画があり、アカシアの大木が白い小さな花をこぼしているかと思えば、色鮮やかなタチアオイが、青いのも赤いのも立ったまま日に焙られ、あえぐように生息している。ふいにベンチが出現し、壊れたブランコや壊れていないすべり台も出現する。苔色《こけいろ》に濁った池は葦《あし》に囲まれ、その葦のすきまから、名前のわからない、中華料理の食材みたいに見えるオレンジ色の花が顔をのぞかせていた。

虫よけスプレーを部屋に置いてきたことが悔やまれたが、それでも僕は、この夕方の散策を愉《たの》しんだ。ここは確かにエキゾティックな場所だった。

プールにでたのは偶然だった。小さな物置のような小屋――壁に温度計がさげられており、それによると気温はまだ三十二度もあった――の裏をまわって行けば、僕たちのコテッジへの近道のはずだったから。けれどそこには思いがけない障害があった。フェンスもなければ金網もなく、唐突に、涼しげな水をたたえたプールが出現したのだ。

「ハイ」

プールサイドに足を投げだして坐った、二十歳くらいの女の子が僕に気づいて、にっこりして言った。

「泳ぎに来たの？」

英語だった。真赤なビキニを着ている。もしここでノーと言ったら、用もないのにのぞきに来た怪しい男だと思われかねない。咄嗟《とっさ》にそう考えた僕は、

「うん。でもいいんだ。またにする」

と、英語でこたえた。

「あら、いいのよ。あたしたちもうあがるところだから」

女の子は言って立ちあがり、信じられないことに、ビキニのショーツの尻の部分に指をかけ、ぱちんと弾いて僕の目の前でフィット感を調整すると、

「ダーグ！　でてきて！　新客万来よ！」

と、男――プールの中央で、巨大な浮輪に尻を突込み、赤ん坊みたいに手足をだし

て浮かんでいる——に向って大声をだす。

「いや、いいんだよ、ほんとに」

僕は言い、逃げるようにその場を立ち去った。女の子は平板な身体つきで、洗ったあとの犬みたいに全身が濡《ぬ》れていた。


夕食にでるころには、風が涼しくなっていた。そのレストランは高台にあり、外観からしてひっそりとシックで、うす青く暮れかけた夏の夜気に、誘うような灯りが窓からこぼれている。

「都会と違って、このあたりは車の停め場所に苦労しないからいいよな」

マヌエルは言い、抜いたばかりの車のキーをポケットに入れた。店からすぐの、石畳の広場に、車はぽつんと停まっている。

扉をあけると、清潔なリネンと温かいパン、さまざまなハーブのまざりあった匂いがした。

「あれは絶対ビッチだと思うな」

プールでの出来事を、ここに来る車のなかで、僕は話したのだった。

「どことなく蓮《はす》っ葉《ぱ》な感じがしたもの。まだ若いのにさ。若いっていうか、ほとんど子供みたいに見えたな」

　案内されたテーブルにつき、とりあえずビールを注文する。

「男の方は若くないんだよ。禿《は》げてたし、肌がちょっとたるんでたし」

「見たかったな」

　可笑《おか》しそうにマヌエルが言い、僕は、

「何を？」

　と、尋ねた。

「その男が浮輪から尻を抜くところに決ってるだろ」

　その光景を想像し、僕たちはにやにや笑った。趣味のいいことは言えないが、これは普段の僕たちの、気に入りのレクリエーションなのだ。これというのは他人を観察して批評すること。いけてるとかいけてないとか、幸福そうだとかあまり幸福そうじゃないとか。

　リスボンでも、夕暮れのカフェのテラス席に陣取って、僕たちはよくそれをする。ビールのグラスを手に、塩茹《しおゆ》でにしたかたつむりをつまみながら。一か所にじっと坐っていると、ほんとうにいろんな人が通る。老人、子供、観光客、野良犬、野良猫。親子づれ、学生、勤め人、警察官、商店主、夫婦、友人、恋人たち。人々（や、動物たち）を眺めながら、僕はときどき想像する。僕とマヌエルは、僕らを知らないひとたちの目に、どんなふうに映っているのだろうか、と。

夕食はすばらしいものだった。生ハム、ツナと豆のサラダ、この地方の名物だという豚肉の煮込みと羊肉の煮込みを両方とも、僕たちはたいらげた。小さな窓からは青から群青、群青から漆黒へ徐々に色を変えていく空と、対岸のスペインの街灯《まちあか》り、湖と、水面に映る光が見えた。

「食後酒をのめよ」

マヌエルが言った。

「いいよ、べつに。どうせこのあと、コテッジのバーでのむんだろう？」

運転のことを慮《おもんぱか》って、最初のビール一杯のあとは、僕もマヌエルもガス入りの水と共に食事をしていた。マヌエルは僕の言葉には耳を貸さず（いつものことだ）、砂糖リキュール《テイタン》を一杯、僕のために、勝手に注文してしまった。

「窓の外に見とれてただろう？　見とれるほどきれいな景色は、酒と一緒に体に収めとくべきだよ」

友人たちはマヌエルのことを、アル中寸前の酒好きだと言ったりするが、全然そうではないことを、僕は知っている。マヌエルがほんとうに好きなのは、酒ではなく酒のある場所なのだ。そこには会話があり沈黙があり、人がいて、関係が生れる（あるいは潰《つい》える）。時間が特別な流れ方をし、記憶や、すでにどこにもいなくなってしまった人たちも、そこには存在することができる。そういう場所が好きで、彼はバーテンダーになったのだと思う。

働いているときのマヌエルを見るのが、僕はかつて大好きだった。無駄のない動きと冷静な目、率直だけれど礼を失しない物言い。プロらしい表情で隠してはいるが、マヌエルは客の一人一人、夜の一つ一つを、心底愉しんでいるのだ。店に来た旅行者を、金がないとか泊るところがないとかいう理由で、アパートに連れて帰ってきたことも何度もある。僕が文句を言いだすまでは（狭量で、偏屈で、陰気で嫉妬深いルイシュ）。

ティタンを、僕は二口でのみ干した。

「見ろよ、あれ」

マヌエルが言ったのは、帰り道の半ばだった。アクセルを緩め、車のなかだから他の誰にも聞こえないはずなのに、声をひそめてそう言った。

「どれ？」

街灯もまばらな山道は、暗くてほとんど何も見えない。

「右側、ああ、通り過ぎちゃうよ」

めずらしくうろたえた声で言い、マヌエルは極限までのろのろ運転をした。

「うわ、何だ、あれ。止めてよ、もっとよく見なくちゃ」

「だめだよ。失礼だろ、そんなの」

通り過ぎて、しばらくどちらも口をきかなかった。でもその光景は、僕の網膜にしっかり焼きついてしまった。

「何してるんだろう、あんなところで」

それは老女たちだった。もしかしたらなかには老女よりすこしだけ若い人もまざっていたかもしれないが、全体として、ともかく老女たちだった。八人いた。電線にとまった鳩よろしく、八人が壁にもたれて一列にならんで、ただじっと前方を見つめていた。

「夕涼みかな」

「こんな時間に？」

「井戸端会議かもね」

「一列にならんでおなじ方向を見つめて？」

僕が驚いたのは、全員が人形のように見えたからだ。そこには動きというものがなかった。井戸端会議だとすれば、無言の会議だ。全員が、似たようなプリントドレスを着ていた。エプロンをつけていたりいなかったりの差はあるが、一様に古ぼけた、褪《あ》せてはいてもあかるい色合いの——ちょうど、昼間エレナが着ていたような——ドレスだった。

「シュールなものを見たね」

僕は言い、マヌエルもうなずいて同意する。

「おもしろいね」

「うん。非常に興味深い」

静かな村だ。レストランをでてからコテッジに帰り着くまでに、僕たちはあの八人の老女以外に、人っ子一人見かけなかった。

翌朝、僕が目を覚ますとマヌエルはもう起きて、テラスで煙草を喫《す》っていた。

「おはよう、おデブちゃん」

ランニングシャツにブリーフという恰好《かっこう》の、寝起きの僕をからかう。

「ほら、早く着替えないとママに叱られるぞ」

僕は返答がわりにマヌエルの尻を一摑《ひとつか》みして、喫いかけの煙草を奪い、一口だけ喫って返した。きょうもまぶしくて暑い。裸足《はだし》の足に、何か湿ったやわらかいものが触れたので、見ると、青い、大輪の朝顔だった。壁に添って、地面を埋めつくすように幾つも咲いている。しわりとした花びらの感触。

「観光日和だな」

マヌエルが言い、僕は怖気《おぞけ》をふるった。昔から、観光という言葉にアレルギーがあるのだ。

「ワイン農家とオリーブオイル製造業者とどっちがいい？　どちらも見学可、試飲あり」

マヌエルは構わず続けた。

「お、豚と触れ合える農場もあるぞ」

「そりゃいいね」

こたえたが、僕は生れてこのかた、豚と触れ合いたいと思ったことは一遍もない。

「シャワーを浴びてくるよ」

僕は言い、エアコンのきいた室内にひき返した。

食堂には、コーヒーの香りが漂っていた。フェルナンは満室だと言っていたが、僕たちの他に客は一組しかいない。くたびれた様子の、中年の夫婦だ。どちらも無言で、ナイフが皿にあたる音だけをさせている。

端に据えられたどっしりしたテーブルの上に、ハムやチーズ、シリアルや果物やヨーグルトがならんでいる。カップにコーヒーとミルクを満たし、僕は梨とヨーグルトを、マヌエルはパンとチーズとハムを皿に載せてテーブルについた。

「いないね」

すこしだけがっかりして僕は言った。きのうプールで見た女の子と浮輪の〝ダグ〟を、マヌエルに見て欲しかったから。薄っぺらな紙ナプキンをひろげ、厚手のカップに口をつける。僕は思うのだけれど、おなじものを見るというのは大事なことだ。べつべつの思考がべつべつの肉体に閉じ込められている二人のべつべつな人間が、それでもおなじ時におなじ場所にいて、おなじものを見るということは。

僕が、いっそおもしろいほど切れないナイフで梨の皮をむこうと苦心しているあいだに、マヌエルは、中年の夫婦とお近づきになっていた。いつものことだ。二枚目のパンを取りに行ったマヌエルが、おんぼろトースターからでてこなくなった妻のパンを、救いだしてやったのがきっかけらしい。

「ぜひ行くべきだよ」

夫が熱心に言う。

「ほんとうにいい店なんだ、値段も良心的だしね」

マヌエルは皿を持って立ったまま、いかにも興味深そうに拝聴している。

「知り合いがいてね、彼に頼めばすべてうまくやってくれる。よかったら連絡先を書こうか」

坐ってパンを口に運びながら、冷やかに夫を眺めていた妻が、さすがにそれは止めた。

「あなた、御迷惑よ」

と、夫の顔を見ずに言って、そのまま食事を続ける。無表情に虚空を見つめて。

「まあ、気が向いたらの話だけれど」

勢いをそがれた恰好の夫はぼそぼそと言い、話は終りそうに見えた。

「どちらからいらしたんですか」

驚いたことに、でもマヌエルがそう尋ねた。まだ話し足りないとでもいうのだろうか。

僕は梨を食べ終り、べたべたの手をくしゃくしゃの紙ナプキンで拭った。残っていたコーヒーをのみ干す。席を立ち、マヌエルを残して食堂をでた。

母屋のすぐ外にエレナがいた。片手にうさぎのぬいぐるみを持ってしゃがみ、反対の手に持った棒きれで、地面をつついている。

「蟻の巣？」

尋ねると、エレナは顔を上げたが返事はなかった。仕方なく、僕は通り過ぎようとした。

「きのう、来なかったのね」

ふり向くと、エレナはもうしゃがんではいなかった。棒とぬいぐるみをだらりと両手にさげ、怒ったように仁王立ちになっていた。

「きのう？　どこに？」

僕はこの子に、何か約束をしていただろうか。身に覚えはなかったが、訊き返した。

「ディナーに」

エレナは重々しく宣《のたま》った。ディナー？

「夜ごはんに、食堂に来なかったわねって言ったの」

のみこみの悪い生徒に道理でも説くように、エレナは言い直してくれる。

「泊ってる人はみんな来るのに」

「みんな？」

それは嘘だろうと思った。宿泊料に含まれるのは朝食だけなのだし、部屋には自炊もできるよう、台所が備えてある。どこで食事をしようと客の勝手なはずだ。

「すくなくとも最初の夜は、ってことよ」

エレナはさらに言い直し、僕は返答に詰まった。グルメ本やインターネットで相棒があれこれ調べた結果、ここは僕たちの予定から外れました、とはとても言えない。

きのうの夕方、鋏で花を切っていたエレナを、僕は思いだした。それがこの子の〝仕事〟だと、フラヴィアが言って微笑んだことも。

「きみのお母さんはとても魅力的だね」

気がつくと、僕はそんなことを言っていた。

「それに、きみをすごく大事に思っている」

エレナは訝《いぶか》しげな顔をした。

「もちろん、ママは魅力的よ」

当然でしょうと言わんばかりの口調だ。

「あなた、どこから来たの？」

エレナは突然話題を変えた。

「リスボンだよ。行ったことある？」

エレナはそれにはこたえなかった。頭のなかで、思考の小さな歯車が、忙しく回転しているのが見えるようだった。僕は笑いをかみ殺した。

「だめだよ、車には乗せないからね」

少女は不満そうな顔をし、僕は不思議に思った。ママが好きで食堂のディナーに誇りを持っているのだとしたら、なぜこの子は家出をしたがるのだろう。

駐車場のそばで、スプリンクラーが回っている。うねるホースときらめく飛沫《しぶき》、木々のつくる濃い陰。僕は飛沫で皮膚の表面温度をすこし下げようと決め、そこに向った。

どのくらい経《た》っただろうか。芝の匂いとかすかな水音、日ざし、それが水に反射してできる虹、蜂の立てる眠たげな羽音、ゆらめく大気に滲むような花の色。牧歌的なひとときを満喫し、コテッジに戻ると、マヌエルがテレビをぼんやり観ていた。

「どこに行ってたの？」

気を悪くしたふうもなく訊く。僕は自分が気を悪くして席を立ったのだったことを思い出した。マヌエルがまた他人に、あの気前のいい笑顔を見せたことや、相手がどんな奴でも分けへだてせず接する主義のマヌエルは、ときにはそのままベッドまで共にしてしまう癖があること（それがこのあいだの口論の原因だった。原因ではなく直してしまった。

接のひきがねと言うべきかもしれない。一度だけのことじゃないから)、まで思いだ

「あの人たちもリスボンからだったよ」

マヌエルが、質問の返事も待たずに話しだしたので、僕はさらに不機嫌になった。

だってそうではないだろうか。どこに行っていたのかと訊いたくせに、僕がどこに行

っていたかなんて、彼にはどうでもいいことなのだ。

「あの二人、結婚何年目だと思う?」

「知らないよ」

僕はこたえる。他人の結婚年数なんて、どうでもいい。

「二年目だって。興味深くないか? 二年目っていえばまだ新婚みたいなものなのに、

全然そう見えなかっただろう。旦那は三度目の結婚らしいんだけど……」

「知らないって言ってるだろ!」

僕は怒鳴った。

「一体何だってそんなに何もかもに興味を持たなくちゃいられないんだ?」

マヌエルは椅子に坐ったまま、茫然《ぼうぜん》として僕を見上げる。

「何だ? 何怒ってるんだ? 僕はただ彼女のトーストを――」

言いかけて口をつぐむ。ふいにその目に理解の色が浮かぶ。またか、という色だ。

「ルイシュ、すこしは僕を信用してくれよ。相手は中年の新婚夫婦だぞ？　僕が一体何をするって言うんだよ」

「でもテオフィロとは寝たよね」

僕はマヌエルの最新の浮気相手の名前を言った（そりゃあテオフィロは新婚夫婦の片割れではないが、年は似たり寄ったりだった）。

「僕の目の前で、初対面の奴とキスをしたこともあるよね」

これではまた口論の蒸し返しになってしまうと気づきながらも、僕はさらに言いつのった。

「そういうことはやめて欲しいって僕は頼んだよね。丁寧に頼んだよね。でもきみはそのあともまたあのドイツ人観光客と――」

僕の声も唇も震えていた。それでも言葉が勝手に口から転がりでる。

「どれも一度だけのことじゃないか。パートナーシップとは全然違うよ」

マヌエルは言った。それはこのあいだも聞いたセリフで、このあいだとおなじように、今回もまた真実の響きを持っていた。

「それでもだよっ」

僕は言い捨て、テレビとマヌエルの横をすり抜けて寝室に行く。ばたんと音をたててベッドにうつ伏せになった。アパートに帰りたいと思った。中年の新婚夫婦なんてもう顔も見たくないし、観光もしたくない。暑さにも田園にもうんざりだった。

「ルーイーシュ」

名前を呼ばれても、僕は顔を上げなかった。

「ルーイーシュ」

絶対に上げない。ベッドが揺れ、マヌエルがおおいかぶさってくる。それでも僕がうずくまっていると、マヌエルは僕を揺すぶり始める。

「やめてよ」

僕はうめく。

「やめてってば」

抵抗しても無駄だ。僕が彼を理解していることをマヌエルは知っているし、マヌエルに知られていることを僕もまた知っているのだから。

僕たちはそのままくっついて、昼まで眠った。

結局、いつもこうなってしまう。豚の糞《ふん》と土がほとんど一体となった地面を、悪臭には気づかないふりをしてマヌエルとならんで歩きながら、僕は自分が何を望んでいるのか、やっぱりわからなくなる。マヌエルを束縛することなのか、マヌエルに束縛されていることなのか。

ここには日ざしをさえぎるものは何もない。恥かしくなるほど青い空だ。見渡す限り、土と糞と草とどんぐりの木。柵の内側にも外側にも豚はいて、でもあとは、僕たちしかいない。気持ちがいいほど孤独だ。

「案外清潔なんだな」

何を思ってそう言うのかわからなかったが、マヌエルは感心した口調で言った。豚たちは例外なく泥だらけで、その泥が干上がっているので、粉をふいたような灰色に見える。

「まあ、健康そうではあるよね」

放し飼いにされているだけあって、どの豚もひきしまった身体つきをしている。僕は豚のフォルムをとても美しいと思った。

豚たちは木陰に身を横たえたり、落ちている何かを食べたり、集団でひしめきあったりしている。好奇心の強い何頭かは鼻息と共に近寄って来るのだが、決して近寄りすぎはしない（賢明な判断だと僕は思う）。

「来い。ほら、来いよ、おいで」

マヌエルはデジカメで、なんとか豚を接写しようとしている。リスボンに帰って、常連客や仲間たちに見せたいのだろう。

いまここにいるのに、いまここではない場所や時間のことを考えているマヌエルが、僕を余計孤独にした。

僕はバックパックから手帖《てちょう》とボールペンを取りだし、豚をスケッチした。そのフォルムの美しさを、ユーモラスな風情を。

豚との触れ合いを終えると、僕たちはスペインとの国境近くまで車を走らせた。どこまでも続く一本道で、両側は岩とサボテンの点在する草地、日陰というものは一切存在しない。マヌエルはエアコンを最強にし、UB40を、酔っ払ったティーンエイジャーが乗る車にこそふさわしいと思われるヴォリウムで流す。

「あけて」

紙袋を僕の膝に置く。

「どれ」

スニッカーズ、エナジー・バー、ポテトチップス、オレンジ。

「チップス」

僕はそれを取りだし、袋の口をあける。ペットボトルに入った生ぬるい水で、僕たちはその心安いスナック菓子を飲み下した。車のなかに、油と塩の匂いが充満する。音楽にあわせて、はじめは小さく首を振る程度だったのが、次第に声も動作も大きくなって、しまいには二人とも、上体を前後に揺り動かして、“CHERRY OH BABY”をがなり立てていた。日陰のない一本道のせいだったかもしれないし、旅のもたらす不安定さや高揚感のせいだったかもしれない。あるいは混乱の。苛立《いらだ》ちの。理由はともかく僕たちはがなり、頭をふり、イクのをがまんするときみたいな顔をしてリズムを刻み、それで会話のかわりにしようとした。

コテッジに戻ったのは夕方だった。日ざしはまだ溢《あふ》れかえっている。夕方の光が、真昼のそれより淡いのに強く感じられるのはどうしてだろう。空間の隅々にまで入りこみ、きらめく粒子で満たす気がするのは。

マヌエルがランニングにでかけたので、僕はテレビを観ながら、彼が帰ってくるのを待った。

夕食は、とても豪華だった。広大なワイン農園のなかにある中庭つきのレストランで、マヌエルは、随分前から予約をしていたらしい。店内は白と茶色で統一され、壁は鏡だった。

「高そうな店だね」

僕が言うと、マヌエルはいつもの——僕が不安だったり落ち着かない気分だったりするときにいつも見せる、という意味だけれど——、この世に彼のそば以上に安心な場所はない、と思わずにはいられなくなる笑顔を見せ（それは、十分に偉力を発揮した）、

「構わないじゃないか。まったく構わないよ」

と、言った。

パンにつけるオリーブオイルが五種類もでてきた。ナントカの、ナントカソース、ナントカ添え、みたいな複雑な名前の料理が幾つかでて、メイン料理はステーキだった。

「構わないじゃないか。まったく構わないよ」

僕はそのフレーズが気に入って、新しい料理が運ばれてくるたびにそう言った。マヌエルも言ったので、自分でも気に入ったのだろう。この店では、料理一皿ごとに、それに合うワインがでてくる（気取ってる、と僕は思った）。マヌエルが、そのすべてのワインを一口ずつ「味見」だけすると決めたときにも、僕は勿論《もちろん》、

「構わないじゃないか。まったく構わないよ」

と、言った。こうしてこの言葉は、その夜の僕たちの合言葉になった。合言葉！

子供のころから、僕はそれが大好きなのだ。自分と、信頼できる誰かとのあいだでだけ通じる言葉。

たぶん僕の問題は――狭量で、偏屈で、陰気で嫉妬深いことの他には、という意味だけれど――、怒りを持続できないことなのだろう。ナントカのナントカがけ、ナントカ風味、ナントカと共に、みたいな名前のデザートをたべ終えて（構わないじゃないか。まったく構わないよ）店をでたときには、マヌエルのいない人生はどんなにか味気ないものだろう、ということしか考えられなくなっていた。

そして、僕たちはまた、帰り道で八人の老女を目撃した。ゆうべときっちりおなじ場所に、おなじ姿勢でならんでいる。おなじかどうかはわからないが、おなじようなプリントドレス、おなじようなエプロン。

マヌエルがぴゅうと口笛を吹き、僕は目を瞠《みは》った。

「またいる！」

まるでデジャヴだった。夜気に、まばらな街灯のあかりと僕らの車のヘッドライトに照らされて、ぼうっと浮かびあがる八人の老女たち。まるでオブジェだ。現代美術の展示。今回は、八人のうち二人が白いソックスをはいていることまで見えた。一列にならび、やはり全員が前方を見据えている。

「毎晩集まるのかな」

「冬はどうするんだろう」

「コートを着て出るんじゃないの」

僕たちは憶測を述べあった。

「でも、やっぱり喋ってるようには見えなかったね」

「うん。無表情で、無音だった」

「お喋りが目的じゃないとしたら、何してるんだろう」

「旦那はいないのかな」

疑問ばかりで回答のない会話になった。未舗装道路をがたがたと進みながら、僕は、自分が彼女たちの列に、いつの日か加わるところを想像した。

「バーはもう閉まってるな」

マヌエルが言う。

「部屋でのめばいいよ、トランプをしながら」

僕たちはそうした。


翌朝も、母屋の前にエレナはいた。

「オラ、エレナ。オラ、ポチョムキン」

マヌエルが言う。彼がうさぎのぬいぐるみの名前を知っていても、僕は驚かない。

「オラ、マヌエル」

にこりともせず、エレナはこたえた。

空き壜の入った重たげな箱をかかえ、裏口からでてきた女性スタッフが、おはよう、と言って僕らに微笑《ほほえ》みかける。白衣を着て、頭にビニールのキャップをかぶっている。見憶えのある微笑みだという気はしたが、それがフラヴィアだと気づいたときには、彼女はもう隣の小屋に入ってしまっていた。

「いまの、フラヴィアだった？」

僕はマヌエルに訊いた。

「フラヴィア？　全然違うよ」

マヌエルはこたえる。

「ママよ」

エレナが言った。

「ママは働き者なの。パパは働かないけど」

たしかに、まるで工場労働者のように見えた。儚《はかな》げできれいな、裕福で悲しげなオーナー夫人ではなく。

「働かない？　そんなことないだろ」

マヌエルが言う。

「そんなことを言っちゃ、パパが可哀想《かわいそう》だな」

すべての野良犬がついて来たがる（と僕の思う）、あの表情と声音で。

「あなたたち、なんにも知らないのね」

エレナには、でもそれは功を奏さない。立ちあがり、服についた土を払うと、

「ここはアレンテージョなのよ」

と、それが重大な秘密ででもあるかのように、声をひそめて言う。

「まあ、僕たちはしょせん都会のねずみだからね」

僕が言うと、エレナは呆《あき》れ顔をした。

「都会？　リスボンが？　都会っていうのは、パリみたいな街をいうのよ」

パリときたか。

「そこが、きみのお姉さんのいる街？」

尋ねると、エレナは一瞬だけ目に驚きの色を浮かべたが、なぜ知っているのかと問うことはしなかった。

「暑いな。中に入ろう」

マヌエルが言う。

「ナオン」

エレナはこたえた。

「アマリアがいるのはリヨンよ。そこでお菓子の勉強をしているから。でも、アマリアはパリが好きなの。そこには何でもあるから。とくに自由が」

マヌエルが苦笑する。

「先に行ってるぞ」

と言って、僕の肩をぽんとたたいた。

これはすごく珍しいことだ。いつだって、用もないのに他人と話したがるのはマヌエルの方で、それに苛立つのが僕なのだから。

「でも、アマリアは学校を卒業したら帰ってくるんだろう?」

エレナは僕の顔をじっと見つめ、

「あなたは帰ってくると思う?」

と、訊いた。淋《さび》しげな声と、彼女が僕にはじめて見せる年齢相応に幼い、心細げな表情で。

先に行ったはずのマヌエルが、

「おい、いるぞ」

と、うしろから囁《ささや》く。

「ビッチとダグ。たぶんあの二人だと思うな。揃ってシリアルを食ってる。来いよ」

ビッチとダグは口実で、僕を迎えに来てくれたのだとわかった。

「彼女の名前はケイトよ」

エレナが、断固とした口調で横から言った。

「ケイトとダグラス。ロンドンから来てるの。あの人たちは夫婦じゃないから倫理的な関係とはいえないけど、でも、ケイトはすごくいい人よ」

僕とマヌエルは顔を見合せた。エレナは、この宿の情報通らしい。

ケイトとダグラスは隅の席にいた。シリアルはたべ終えたらしく、揃ってスクランブルエッグにとりかかっている。ダグラスはアロハシャツに半ズボン、頭にカンカン帽までのせていて、はっきり言って間抜けに見える。ヨーグルトとブドウ、それにコーヒーの朝食を摂りながら、僕は、彼らのパンがおんぼろトースターからでてこなくなったりしないことを願った。

耳元で風がぼうぼう鳴っている。車の窓を全開にしたのは、喋るのも歌うのもいやだったからだ。マヌエルを、ただ眺めていたかった。

僕たちは高台まで車を走らせ、旧市街を散策してきたところだ。旧市街は美しかった。静かすぎる美しさ、現実ではない場所のような美しさだった。どの建物もまぶしいほど白い。日陰には野良犬が寝ていた。他に生き物の姿はない。店（らしきもの）もあることはあったが、すべて鎧戸《よろいど》がおりていた。死んだように静かな犬と、死んだように静かな風景。

僕たちは歩き、マヌエルはあちこちで写真を撮った。二人ともほとんど無言だったが、それは、声をだすと何かがそこなわれる気がしたからだ。石段に腰をおろして生ぬるい水をのみ、昼食がわりのオレンジをたべた。マヌエルがむいてくれたので、マヌエルの指はオレンジの匂いになった。たべ終り、再び歩きだしてからも何度も、僕はそれを自分の鼻先へ持って行って嗅いだ。もしいま、僕がここで別れを切りだしたら、マヌエルはどうするだろうと考えながら（それを想像することは、でももう悲しいことではなかった。どうしてだかわからないけれど）。

「窓、閉めるぞ」

マヌエルが言い、同時にそれを実行する。ふざけたい気分になっていた僕は、窓がきちんと閉まるのを待ってから、またあけた。マヌエルがもう一度閉め、僕がもう一度あける。

「ルーイーシュ」

子供に警告を与えるように、マヌエルは僕の名前を発音する。

「マーヌエール」

僕も真似《まね》をして発音した。窓が閉まり、窓があく。窓が閉まり、窓があく。

こんなところにいたんだ。

僕たちが互いに自分の——そして相手の——感情を受け入れてまもないころ、マヌエルは僕にそう言った。

想像もしてなかったよ。こんなに何もかもしっ、く、り、く、る相手がこの世にいるなんてさ。

と。思いだし、僕は自分が幸福と不幸の区別をつけそこなっていることに気づく。あるいは、区別に意味などないことに気づく。

コテッジにもどったのは四時すぎだった。

マヌエルが泳ぎたいと言ったので、僕たちは午後の残りをプールで過すことにした。水は温かく、蜂が水面ぎりぎりまで飛んでくることをのぞけば、とても気持ちがよかった。平泳ぎのできないマヌエルはクロールで、クロールのできない僕は平泳ぎで泳ぐ。鳥が木々のあいだから、ツピーッ、ツピーッとかん高い声をはりあげて鳴き、どこか見えない場所では、芝刈機が低くうなっている。僕たちは泳いでは休み、休んではまた泳いだ。

「今夜の夕食だけど」

あたたまったコンクリートに腹ばいになり、僕は言った。

「ここの食堂で食べてみるっていうのはどうかな」

隣でおなじ姿勢をとっていたマヌエルは、顔だけ僕に向け、

「なぜ」

と不審そうに訊き返す。

「なぜってこともないんだけど、そうしたい気がするんだ」

エレナに咎《とが》められたせいなのか、頭をすっぽりビニール・キャップでおおっていたフラヴィアのせいなのか、自分でもわからない。べつな店を予約してあることは知っていたので、マヌエルに文句を言われるだろうと身構えた。

「いいよ」

マヌエルは、でもあっさりと言った。

「そうしたいのなら、そうするべきだろうな」

と。僕はすこし拍子抜けした。仰向《あおむ》けになり、腕をかざして夕方の——妙にきらきらした——日ざしをさえぎる。

「暑い土地だね」

「うん。暑い土地だ」

マヌエルはこたえ、また水に飛び込む。ほとんど飛沫をあげずに、ぽちゃんと、鰯《いわし》みたいに軽々と。


食堂での夕食は、七時からと決められていた。

「まるで寄宿学校だな」

マヌエルは言ったけれど、それは批判というよりおもしろがっている口調だった。

僕たちが十五分遅れてそこに行くと——シャワーのあと、僕がマヌエルの誘惑に屈してしまったからなのだが——、三世代に亘《わた》る家族づれ一組と、中年新婚夫婦の夫が一人で、すでに食事を始めていた。

「妻がいないね」

「逃げられたのかな」

僕たちは勿論囁き合った。

食堂は、朝とは違うふうに見えた。糊《のり》のきいたクロスと、一つずつのテーブルで揺れるキャンドルの灯り。

「こんばんは」

迎えてくれたフラヴィアは、歩くたびに裾の揺れる、やわらかそうな黒いワンピースを着ていた。髪も優雅に波打っている。今朝の女性はやはり別人だったのではないかと、僕は疑わずにいられなかった。

エレナの姿は見えなかったが、花はたしかにそこにあった。キャンドルの灯りのせいで、白なのか薄い黄色なのか判然としない、小さく華奢《きやしゃ》な野の花だった。

「きょう、旧市街でね」

ビールをのみ、オリーブをつまんで、僕は言った。

「きみと別れることを考えたよ。まあ、現実としてじゃなく想像としてだけどね」

沈黙がおりたのは一瞬だけだった。マヌエルが驚いた顔をしたのも。

「それで？」

軽く眉をあげてみせてから、マヌエルは先を促す。

「それだけだよ」

僕はこたえる。あまり悲しくなかったことは言わなかった。むしろ自由な、勇敢な気持ちになったことも、自由で勇敢な僕の目に、マヌエルが依然として、世界でいちばん放っておけない男に見えたことも。

「首はつながったってことか？」

マヌエルは愉しそうに言う。

料理は、どれも素朴で健康的な味がした。ミルク菓子と呼びたいほどみずみずしいヤギのチーズとか、青菜とじゃがいも、パンと玉子の入った野菜スープとか。

僕は思うのだけれど、おなじものをたべるというのは意味のあることだ。どんなに身体を重ねても別の人格であることは変えられない二人の人間が、日々、それでもおなじものを身体に収めるということは。

僕たちは十全にそれをした。

食後にでてきた黄色いお菓子を、一口たべて、でも僕たちはひるんだ。蜜びたしになっていたからだ。気が遠くなるほど甘い。しかも巨大だった。僕はひるんだマヌエルを見て、マヌエルはひるんだ僕を見て笑う。

「素材そのものの味がするね」

僕は正直に感想を述べた。素材、というのは砂糖のことだ。

砂糖と卵黄、それに砂糖を濃く煮詰めた蜜の。

「徹底して健康的だな。大地の味だ」

マヌエルも応じる。

「たべるのに力がいるね」

もしマヌエルがそばにいてくれなかったら、僕はフラヴィアの「母仕込み」だというそのお菓子を、一つまるまるは到底たべきれなかっただろう。たべ終ったときには、骨まで砂糖づけになった気分だったけれど、どこもかしこも丈夫になった気もした。

「僕はきみが誇らしいよ」

僕は言い、

「俺も俺が誇らしいよ」

とマヌエルがこたえる。気がつけば僕たちは食堂に残った、最後の客になっていた。

次の朝、母屋の前にエレナの姿はなかった。食堂の夕食がおいしかったことを伝えたいと思っていたので残念だったが、蟻たちは誰につつかれることもなく、思うさま右往左往している。午前九時。きょうも地面が焦げるほど暑い日になりそうだった。

僕たちは朝食を終え、部屋に戻って荷物を詰めた。ぶ厚い窓ガラス越しに、いつのまにか見慣れてしまった緑が見える。

僕たちはまだここにいるのに——寝乱れたベッド、丸めたバスタオル、エアコンの冷気、吸殻のたまった灰皿——、もうここにいないような気がした。あるいは、そもそもここにいるはずがないのに、どういうわけか出現しているみたいに。

歯を磨き、車に荷物を積む。リスボンの街が恋しかった。アパートが、カフェが、塩茹でのかたつむりと路面電車が恋しかった。

フロントにはフェルナンがいた。母屋の中は、僕たちが到着したときとおなじくらいしんとしていて、窓扉の閉てきられたバーは勿論、朝食の残骸が散らかったままの食堂にも人けはない。

「やあ、おはよう。チェックアウトかな」

潑剌とした声音で、フェルナンは言い、パソコンをたたく。

「マヌエル・ブラガ？　三泊四日だね。満足のいく滞在だっただろうか、何も問題のない？」

「ええ、それはもう」

マヌエルがこたえる。とても快適でした、お陰さまで、と、礼儀正しく。

「きょうはお嬢さんは?」

僕は横から口をはさんだ。フェルナンは、パソコンが急に口をきいたとでも言いたげな顔で僕を見て、

「エレナのことかな。あの子はほんとうにお転婆でね。今朝蜂にさされて、家内が病院に連れて行ったよ。蜂の巣に近づいちゃいけないと何度も言ってきかせていたのに——」

「蟻じゃなくて蜂ですか?」

くだくだしい説明をさえぎって訊くと、フェルナンは口をきくパソコンよりもっと奇妙な物を見るような目で僕を見て、両腕を広げ、

「蜂だよ。ここには蟻もいるけれど蜂もいるんでね」

と、言った。

「それで、大丈夫なんですか?」

マヌエルが正しい質問をする。

「大丈夫だよ、ありがとう。さっき家内が電話でそう知らせてきた」

フェルナンも正しいこたえ方をした。

「ここでは珍しいことじゃない。あの子にしても、しょっちゅう何かにさされている。

病院に連れて行くのは念のためでね」

クレジット・カードの伝票がさしだされ、マヌエルがサインをする。

「きみたちもまだ旅を続けるなら気をつけた方がいい。ここは」

フェルナンはふいに言葉を切り、失礼、と断ってからくしゃみをして、

「ここはアレンテージョなんだから」

と言った。

僕たちは気をつけると約束しておもてにでた。でると同時に、マヌエルは煙草に火をつける。

「よおおおし、リスボンへ帰るぞ」

マヌエルが言った。僕も勿論おなじ気持ちだったけれども、

「ちょっと待ってて」

と言い置いて母屋に戻った。バックパックから手帖を取りだし、豚のスケッチの頁を破りとって余白に名前を走り書きする。エレナに渡してほしいとフェルナンに頼んだ。フェルナンの目に僕は、口をきくパソコンよりもっと奇妙なものよりもっと突飛なもの、に映ったに違いない。

売れているとは言い難いけれど、僕は絵を——現実的には商業出版物にイラストを

――描いて生計を立てている。名刺がわりに置いて行けば、いつか――たとえばエレナが家出を成功させた暁にでも――、再会できないとも限らないから。

「酔狂だなあ、俺ならフラヴィアの方がいいけどな」

マヌエルが満更冗談でもなさそうな口ぶりで言う。

駐車場のわきの、丈高くのびた雑草のあいだに、小さな花がいくつも顔をのぞかせていた。

本書は二〇一〇年十月、ホーム社より刊行されました。
本文デザイン／成見紀子　　本文写真／大野晋三

集英社文庫の好評既刊

森のなかのママ　井上荒野

亡き画家の夫のアトリエを美術館兼自宅にして住む、ママと大学生の娘いずみ。美しいママは男友達に囲まれ暮らしていたが、パパのかつての愛人が現れて……。喪失と再生の物語。

ベーコン　井上荒野

不倫相手との情事の前の昼食、不在がちな父親が作った水餃子――人の心の奥にひそむ濃密な愛と官能を、食べることに絡めて描いた短編集。単行本未掲載の一編も特別収録。

集英社文庫の好評既刊

薔薇《ばら》の木　枇杷《びわ》の木　檸檬《れもん》の木

江國香織

恋愛は世界を循環するエネルギー。日常というフィールドを舞台に、何ものをも畏れず軽やかに繰り広げられる、9人の女性たちの恋と愛と情事。都会的タッチの「恋愛運動小説」。

泳ぐのに、安全でも適切でもありません

江國香織

安全でも適切でもない人生の中で、愛にだけは躊躇《ためら》わない——あるいは躊躇わなかった——10人の女たち。愛することの喜び、苦悩、不毛……。第15回山本周五郎賞受賞の傑作短編集。

集英社文庫の好評既刊

とるにたらないものもの　江國香織

輪ゴム、レモンしぼり器、お風呂、大笑い……。日常のなかの、ささやかだけど愛すべき「もの」たちをめぐる記憶や思い。やわらかな言葉で綴る絶妙なショートエッセイ集。

左岸（上・下）　江國香織

17歳で駆け落ちした茉莉。妊娠、結婚、そして数々の男との出会いと別れを経験するが、いつもどこかに幼馴染みの九の影が——。半世紀にわたる男女の魂の交歓を描く一大長編。

集英社文庫

チーズと塩《しお》と豆《まめ》と

2013年10月25日　第1刷　　定価はカバーに表示してあります。
2022年7月13日　第9刷

著　者　角田光代《かくたみつよ》　井上荒野《いのうえあれの》　森《もり》 絵都《えと》　江國香織《えくにかおり》

発行者　徳永　真

発行所　株式会社 集英社
東京都千代田区一ツ橋2-5-10　〒101-8050
電話　【編集部】03-3230-6095
【読者係】03-3230-6080
【販売部】03-3230-6393（書店専用）

印　刷　大日本印刷株式会社

製　本　大日本印刷株式会社

フォーマットデザイン　アリヤマデザインストア　　マークデザイン　居山浩二

ISBN978-4-08-745122-1 C0193